PICCOLA BIBLIOTECA ADELPHI
268

DELLA STESSA AUTRICE:

*Chéri*
*La fine di Chéri*
*La nascita del giorno*
*Il mio noviziato*
*Il puro e l'impuro*
*Sido*

*Colette*

# IL GRANO IN ERBA

ADELPHI EDIZIONI

TITOLO ORIGINALE

*Le blé en herbe*

Traduzione di Gabriella Luzzani


ISBN 88-459-0823-2

# IL GRANO IN ERBA

« Vai a pescare, Vinca? ».
Con un cenno altezzoso del capo, la Pervinca, Vinca dagli occhi color pioggia di primavera, rispose che andava proprio a pescare. Lo testimoniavano il golf rammendato e le scarpe di corda indurite dal sale. Quanto alla gonna a quadri verdi e blu, vecchia di tre anni, che lasciava vedere le ginocchia, apparteneva notoriamente ai granchi e ai gamberetti. E le due reti che portava in spalla, e il berretto di lana ispido e azzurrognolo come un cardo delle dune, non erano forse una tenuta da pescatore?
Vinca superò il ragazzo che le aveva gridato quella domanda e scese verso gli scogli con grandi falcate delle gambe color terracotta, magre e tornite. Philippe la guardava camminare e confrontava la Vinca di quell'anno con la Vinca delle ultime vacanze. Avrà finito di crescere? È ora che si fermi. Però non è più in carne dell'anno passato. I capelli corti le svolazzano attorno come paglia dritta e dorata, che lei lascia crescere da quattro mesi, ma che è impossibile intrecciare o arricciare. Ha le mani e le guance annerite dal sole, il collo bianco come latte sotto i capelli, il sorriso impacciato, la risata squillante, e anche se chiude ermeticamente camicette e maglioni sul petto inesistente si rimbocca più su che può gonne e pantaloni, con la serenità di un bimbo...
Il compagno che la stava spiando, steso sulla du-

na dove spuntavano lunghi peli d'erba, si cullava sulle braccia incrociate il mento segnato da una fossetta. Dal momento che Vinca compie quindici anni e mezzo, lui ne ha sedici e mezzo. Tutta la loro infanzia li ha uniti, l'adolescenza ora li separa. Già l'anno passato si scambiavano battute pungenti, spintoni carichi di sottintesi; adesso, cade sempre tra loro un silenzio così pesante che entrambi preferiscono il broncio allo sforzo di conversare. Ma Philippe, che è acuto e nato per la caccia e l'inganno, ammanta di mistero il proprio mutismo, e trasforma in arma tutto ciò che lo imbarazza. Accenna gesti disincantati, arrischia dei « Tanto a cosa serve? Tu non puoi capire... », mentre Vinca sa solo tacere e soffrire per ciò che tace e per ciò che vorrebbe conoscere, sa solo irrigidirsi contro l'istinto precoce e imperioso di dare tutto, e contro il timore che Philippe, di giorno in giorno diverso, d'ora in ora più forte, spezzi il fragile legame che ogni anno, da luglio a ottobre, lo riporta al fitto bosco che declina verso il mare e agli scogli chiomati di fuco nero. Ha già un modo funesto di guardare fisso l'amica, senza vederla, come se Vinca fosse trasparente, fluida, trascurabile...

Forse l'anno prossimo lei gli cadrà ai piedi e gli dirà parole da donna: « Phil, non essere cattivo... Io ti amo, Phil, fa' di me quello che vuoi... Dimmi qualcosa, Phil... ». Ma quest'anno ha ancora la dignità scontrosa dei bambini, oppone resistenza, e a lui quella resistenza non piace.

Phil guardava la piatta, graziosa ragazza che scendeva a quell'ora verso il mare. Provava quasi più voglia di picchiarla che di accarezzarla, ma la vo-

leva fiduciosa, promessa a lui solo, e disponibile come quei tesori di cui si vergognava: petali secchi, biglie di agata, semi e conchiglie, fotografie, l'orologino d'argento...
« Vinca, aspettami! Vengo a pescare con te! » gridò.
Lei rallentò senza voltarsi e Phil in due salti la raggiunse e s'impadronì di una delle reti.
« Perché ne avevi prese due? ».
« Ho preso il retino per i buchi stretti, e poi la mia, come al solito ».
Phil immerse negli occhi azzurri il suo sguardo nero più dolce.
« Allora, una non era per me? ».
E intanto le offriva la mano per superare la brutta strettoia fra gli scogli, e sotto l'abbronzatura il sangue affluì alle guance di Vinca. Un gesto nuovo, uno sguardo nuovo bastavano a confonderla. Solo ieri percorrevano insieme la scogliera, scandagliavano i buchi fianco a fianco, rischiando ognuno per sé... Svelta quanto Phil, Vinca non ricordava di aver chiesto il suo aiuto...
« Un po' di garbo, Vinca! » pregò Phil sorridendo, perché lei aveva ritirato la mano con un gesto troppo ampio e spigoloso. « Si può sapere perché ce l'hai con me? ».
Vinca si morse le labbra, screpolate dai tuffi quotidiani, e avanzò faticosamente sugli scogli irti di balani. Rifletteva, piena di dubbi. Che cos'aveva, anche lui? Premuroso, accattivante, le aveva persino offerto la mano come a una signora... Calò lentamente il retino in una cavità dove l'acqua marina, immobile, svelava alghe, oloturie, branzini, scorfani tutti testa e pinne, granchi ne-

ri profilati di rosso e gamberetti... L'ombra di Phil oscurò la pozza inondata di sole.
« Togliti di lì! Fai ombra ai gamberetti, e poi questo buco grande è mio! ».
Phil non insistette e Vinca pescò da sola, ma senza pazienza, senza la solita abilità. Dieci, venti gamberetti sfuggirono al suo colpo di rete troppo brusco, e si rintanarono nelle fessure da cui i loro barbigli sottili sondano l'acqua e se la ridono degli arnesi dei pescatori...
« Phil! Vieni, Phil! Qui è pieno di gamberetti. E non si riesce a prenderli! ».
Lui si avvicinò con noncuranza e si chinò sul piccolo abisso pullulante.
« Certo! Tu non sai... ».
« Io so benissimo, » gridò Vinca, acida « solo che non ho pazienza ».
Phil immerse la rete nell'acqua e la tenne immobile.
« In quella fessura » sussurrò Vinca sopra la sua spalla « ce ne sono di bellissimi... Non vedi le antenne? ».
« No, ma non importa. Verranno lo stesso ».
« Lo credi tu! ».
« Certo. Guarda ».
Vinca si chinò ancora un po', e come una piccola ala prigioniera i suoi capelli sbatterono contro la guancia del compagno. Allora lei si ritrasse, poi con un movimento impercettibile si fece ancora avanti, per arretrare di nuovo. Phil parve non accorgersene, ma con la mano libera attirò a sé il braccio nudo, abbronzato e salato, di Vinca.
« Guarda, Vinca... Sta arrivando il più bello... ».
Vinca ritirò il braccio, ma poiché Phil non lo

stringeva esso gli scivolò nella mano fino al polso, come in un bracciale.
« Non riuscirai a prenderlo, Phil, è scappato... ».
Per meglio seguire i movimenti del gamberetto, Vinca restituì il braccio, fino al gomito, alla mano semichiusa. Nell'acqua verde, il lungo gamberetto di agata grigia tastava con la punta delle zampe e dei barbigli il bordo della rete. Uno scatto del polso e... Ma il pescatore indugiava, forse assaporando l'immobilità di quel braccio docile nella sua mano, il peso di una testa cui facevano velo i capelli e che, vinta per un attimo, si appoggiò alla sua spalla, per poi scostarsene ombrosamente...
« Svelto, Phil, tira su la rete!... Oh, è scappato! Perché l'hai lasciato andare? ».
Phil fece un respiro e rivolse all'amica uno sguardo in cui l'orgoglio, stupito, disprezzava un po' la sua vittoria; liberò il braccio esile, che non chiedeva affatto di essere liberato, e intorbidando a colpi di rete la pozza limpida osservò:
« Tornerà... Basta aspettare... ».

Nuotavano fianco a fianco, lui più bianco di pelle, la testa nera e rotonda sotto i capelli bagnati, lei scottata come si scottano le bionde e con i capelli avvolti in un fazzoletto azzurro. Il bagno quotidiano, gioia silenziosa e totale, restituiva alla loro età difficile la pace e l'infanzia, entrambe in pericolo. Vinca si lasciò galleggiare e soffiò in aria un po' d'acqua, come una piccola foca. Il fazzoletto annodato le lasciava scoperte le orecchie rosee e delicate che durante il giorno erano protette dai capelli e, sulle tempie, due radure di pelle bianca che solo all'ora del bagno vedevano la luce. Sorrise a Philippe, e sotto il sole delle undici, al riflesso del mare, l'azzurro incantevole delle sue pupille prese una sfumatura verde. Il suo compagno si tuffò bruscamente, le afferrò un piede e la tirò sott'acqua. Bevvero tutt'e due e ricomparvero sputacchiando, soffiando e ridendo come se avessero dimenticato, lei i suoi quindici anni tormentati dall'amore per l'amico d'infanzia, lui i suoi sedici anni imperiosi, il suo piglio sprezzante di bel ragazzo e le sue pretese di proprietario precoce.

« Allo scoglio! » gridò Phil fendendo l'acqua.

Ma Vinca non lo seguì e raggiunse la sabbia lì vicino.

« Esci di già? ».

Vinca si strappò il fazzoletto come se si scotennasse, e scosse i capelli biondi e lisci:

« C'è un ospite a cena! Papà vuole che ci vestiamo bene ».
Correva tutta bagnata, alta e con quell'aria da ragazzo, ma minuta, con lunghi muscoli discreti. Una frase di Philippe la fermò.
« Ti vesti bene? E io? Allora non posso venire a tavola senza cravatta? ».
« Ma sì, Phil, puoi fare come ti pare! E poi stai molto meglio senza! ».
E subito il visino umido e abbronzato, gli occhi della Pervinca espressero l'angoscia, la supplica, uno scontroso desiderio di approvazione. Phil tacque con sussiego e Vinca attraversò il prato marino fiorito di scabiose.
Sferzando l'acqua Phil borbottava tra sé. Gli importava poco delle preferenze di Vinca. « Per lei sono sempre abbastanza bello... E poi non è mai contenta, quest'anno! ».
E l'apparente contraddizione di quelle due affermazioni lo fece sorridere. Si mise a sua volta a fare il morto e lasciò che l'acqua salata gli riempisse le orecchie di un silenzio assordante. Quando una nuvoletta coperse il sole alto, aprì gli occhi e vide passare sopra di sé i ventri ombreggiati, i grandi becchi affilati e le zampe scure, ripiegate nel volo, di una coppia di chiurli.

« Che idea balorda » diceva Philippe tra sé. « Ma che cosa le è saltato in mente? Sembra una scimmia in ghingheri, una mulatta alla prima comunione... ».
Accanto a Vinca, e quasi identica a lei, sgranava gli occhi azzurri nel viso tondo cotto dal sole, sotto capelli biondi di stoppa, la sorellina minore,

che appoggiava sulla tovaglia, ai lati del piatto, i pugni chiusi di bambina beneducata. La grande e la piccola portavano lo stesso vestito, di organza bianca con i volants, stirato e inamidato.
« Una domenica a Tahiti » scherzò Philippe fra sé. « Non l'ho mai vista così brutta ».
La madre di Vinca, il padre di Vinca, la zia di Vinca, Phil, i genitori di Phil e il parigino di passaggio attorniavano la tavola con i loro maglioni verdi, i blazer rigati, le giacche di tussor. La villa, che tutti gli anni le due famiglie amiche prendevano in affitto, odorava quel mattino di brioches calde e di cera, e tra quei bagnanti variopinti e quei ragazzi anneriti dal sole l'uomo brizzolato, venuto da Parigi, rappresentava l'estraneo distinto, pallido e ben vestito.
« Come cambi, piccola Vinca! » disse questi alla ragazza.
« Ma sì, parliamone » borbottò Phil con astio.
Il forestiero si chinò verso la madre di Vinca per confessarle a mezza voce:
« Si sta facendo incantevole! Incantevole! Fra due anni... vedrà! ».
Vinca sentì, gettò al forestiero uno sguardo vivace, molto femminile, e sorrise. La bocca purpurea si dischiuse su una fila compatta di denti bianchi, le pupille, azzurre come il fiore di cui portava il nome, si velarono di ciglia bionde, e anche Phil rimase abbagliato. « Ma cosa le succede? ».
Poi Vinca servì il caffè sulla terrazza all'ombra di un tendone. Rapida e accorta, si muoveva con una sorta di grazia acrobatica. Quando un colpo di vento portò lo scompiglio sulla fragile tavola, riuscì a trattenere col piede una sedia che

si era rovesciata e con il mento un tovagliolino di pizzo che stava prendendo il volo, senza per questo smettere di versare con getto impeccabile il caffè in una tazzina.
« Ma guardatela! » si estasiò il forestiero.
La paragonò a una statuina di Tanagra, la costrinse ad assaggiare la *chartreuse* e le chiese i nomi degli innamorati che faceva disperare al casinò di Cancale...
« Ah, ah! Il casinò di Cancale! Ma non c'è nessun casinò a Cancale! ».
Vinca rideva, mettendo in mostra il robusto semicerchio dei denti, e piroettava come una ballerina sulla punta delle scarpe bianche. Con la civetteria le veniva anche l'astuzia: mai che rivolgesse lo sguardo in direzione di Philippe, che la stava a guardare, incupito, da dietro il pianoforte e il grande mazzo di cardi sistemati in un secchio di rame.
« Mi ero sbagliato, è molto carina » si confessò Phil. « Questa sì è una novità ».
Poiché il forestiero, al suono del fonografo, stava proponendo a Vinca di insegnargli il *balancello*, Philippe uscì alla chetichella, corse in spiaggia e si buttò nel cavo di una duna, raggomitolandosi con la testa sulle ginocchia. Sotto le sue palpebre chiuse persisteva l'immagine di una Vinca nuova, piena di voluttuosa insolenza, una Vinca civetta, con le armi ben affilate, cui era improvvisamente spuntata una carne rotonda, una Vinca con tutta la cattiveria e la ribellione che si potevano desiderare.
« Phil! Phil! Ti stavo cercando. Ma che cos'hai? ».
Accanto a lui c'era la seduttrice, senza fiato, che

gli tirava ingenuamente i capelli con tutt'e due le mani per costringerlo a sollevare la fronte.
« Non ho niente » rispose Philippe con voce roca.
Aprì gli occhi con timore. In ginocchio sulla sabbia, Vinca sgualciva i suoi dieci volants di organza e si trascinava carponi come una squaw.
« Phil, per favore, non essere arrabbiato... Tu ce l'hai con me... Phil, lo sai che voglio più bene a te che a chiunque altro. Dimmi qualcosa, Phil! ».
Phil cercava su di lei lo splendore effimero che l'aveva irritato, ma ormai rimaneva solo una Vinca costernata, un'adolescente prematuramente gravata dell'umiltà, delle goffaggini, della tetra ostinazione del vero amore... Con uno strattone ritirò la mano che lei gli stava baciando.
« Lasciami! Tu non capisci, non capisci mai niente!... Alzati, insomma! ».
E cercava, lisciandole il vestito gualcito, annodandole il fiocco della cintura, calmando i capelli lisci sollevati dal vento, cercava di rimodellare su di lei la forma del piccolo idolo che aveva intravisto...

« Ormai manca soltanto un mese e mezzo alla fine delle vacanze!... ».

« Un mese » lo corresse Vinca. « Sai bene che il venti settembre sarò a Parigi ».

« Perché? Tuo padre è libero fino al primo ottobre, tutti gli anni ».

« Sì, ma alla mamma, a Lisette e a me non rimane troppo tempo, dal venti settembre al quattro ottobre, per fare gli acquisti d'autunno, un vestito per andare a scuola, un cappotto e un cappello per me, e lo stesso per Lisette... Insomma, volevo dire che noi donne... ».

Phil, disteso supino, gettò in aria qualche manciata di sabbia.

« Ah, "voi donne"! Ne fate di storie per queste cose! ».

« Per forza... Tu ti trovi i vestiti bell'e pronti sul letto. Ti preoccupi solo delle scarpe, perché le compri in un negozio dove tuo padre ti proibisce di andare; il resto te lo ritrovi senza muovere un dito. È comodo per voi uomini!... ».

Con un colpo di reni Philippe si mise seduto, pronto a rispondere all'ironia. Ma Vinca non lo stava prendendo in giro. Cuciva un festone rosa su un abito di crespo del medesimo azzurro dei suoi occhi. I capelli biondi, tagliati alla Giovanna d'Arco, si allungavano lentamente. Talvolta lei li divideva sulla nuca e legava con un nastro azzurro, lungo le guance, due corte sco-

pette color grano. Dalla colazione del mattino aveva perso uno dei nastri, e la metà dei capelli le batteva come una tenda slegata contro la metà del viso.
Philippe corrugò le sopracciglia.
« Dio, come sei spettinata, Vinca! ».
Sotto l'abbronzatura estiva Vinca arrossì e, passandosi i capelli dietro l'orecchio, gli lanciò uno sguardo umile.
« Lo so... Sarò spettinata finché i capelli saranno troppo corti. Questa è una pettinatura provvisoria... ».
« La bruttezza temporanea... Ma per te fa lo stesso... » osservò Phil con durezza.
« Ti giuro di no, Phil ».
Confuso da tanta dolcezza, Phil tacque, e Vinca alzò su di lui due occhi stupiti, perché non si aspettava tanta mansuetudine. Anch'egli credette a una tregua passeggera della suscettibilità e si preparò ai rimproveri, ai sarcasmi infantili, a ciò che chiamava l'« umor levriero » della sua giovane compagna. Ma Vinca sorrise malinconica, un sorriso errabondo rivolto al mare calmo e al cielo dove il vento alto disegnava felci di nubi.
« Invece ti assicuro che ho tanta voglia di essere carina. La mamma dice che posso ancora diventarlo, ma che ci vuole pazienza ».
I suoi quindici anni fieri e impacciati, allenati alla corsa, salati, induriti, magri e robusti la rendevano a volte simile a una piccola verga sferzante e imperiosa, ma gli occhi di un impareggiabile azzurro e la bocca semplice e sana erano opere già compiute di grazia femminile.
« Pazienza, pazienza... ».

Phil si alzò in piedi e con la punta della scarpa di corda grattò la duna secca, imperlata di chiocciole vuote. Quella parola detestata gli aveva avvelenato la siesta felice di liceale in vacanza; i suoi sedici anni pieni di vigore si adattavano all'ozio, alla languida immobilità, ma l'idea dell'attesa, dell'evoluzione passiva li esasperava. Mostrò i pugni, inarcò il petto seminudo e lanciò la sua sfida all'orizzonte:

« Pazienza! Santo Dio, avete tutti in bocca solo questa parola, tu, mio padre, i professori... ».

Vinca smise di cucire per ammirare l'armonia del compagno che l'adolescenza non rendeva sgraziato. Bruno di capelli e con la pelle chiara, di media statura, cresceva lentamente e dall'età di quattordici anni assomigliava a un piccolo uomo ben fatto, ogni anno un po' più alto.

« Che altro si può fare, Phil? Tu credi sempre che per cambiare qualcosa basti mostrare i pugni e imprecare. Non sarai diverso dagli altri. Farai e rifarai la maturità e se sei fortunato sarai promosso... ».

« Sta' zitta! Parli come mia madre! » gridò lui.

« E tu come un bambino! Che cosa speri di ottenere, povero piccino, con la tua impazienza? ».

Gli occhi neri di Philippe la odiavano, perché l'aveva chiamato « povero piccino ».

« Io non spero niente! » rispose in tono tragico. « E soprattutto non spero che tu mi capisca! Tu te ne stai lì con il tuo festone rosa, e pensi a tornare a scuola e al tuo piccolo tran-tran. Io, solo all'idea che fra poco avrò sedici anni e mezzo... ».

Gli occhi della Pervinca, sfavillanti di lacrime di umiliazione, riuscirono a ridere.

« Ah, sì? Ti senti il re dell'universo, perché hai sedici anni, vero? È il cinema che ti fa questo effetto? ».
Phil la prese per una spalla e la scrollò con aria da padrone.
« Sta' zitta, ti dico! Apri la bocca solo per dire delle scemenze... Io mi sento scoppiare, capisci, scoppiare se penso che ho solo sedici anni! Gli anni che verranno, gli anni degli esami di maturità e dell'università, gli anni in cui si va avanti alla cieca, balbettando, e non si passa agli esami e bisogna ridarli, e si deve mandar giù un'altra volta quello che non si è digerito la prima... Gli anni in cui davanti ai genitori bisogna fingere di amare una carriera per non dar loro un dispiacere, e si sente che anche loro si fanno forza per sembrare infallibili, mentre sul nostro conto non ne sanno più di noi... Oh, Vinca, Vinca, odio questo momento della mia vita! Perché non posso avere subito venticinque anni? ».
Irradiava intolleranza e una sorta di tradizionale disperazione. La fretta di invecchiare, il disprezzo di un tempo in cui sbocciano sia il corpo che l'anima, mutavano in eroe romantico il figlio del piccolo industriale parigino. Crollò seduto ai piedi di Vinca e seguitò a lamentarsi:
« Tanti anni ancora, Vinca, in cui non sarò del tutto uomo, né del tutto libero, né del tutto innamorato! ».
Vinca posò la mano sui capelli neri che il vento arruffava all'altezza delle sue ginocchia e si trattenne dall'esprimere tutto ciò che una saggezza di donna agitava dentro di lei. « Non del tutto innamorato? Si può essere non del tutto innamorati?... » pensò.

Phil si girò con violenza verso l'amica.
« Tu, tu che riesci a sopportare questa situazione, che cosa conti di fare? ».
Sotto lo sguardo di quegli occhi neri, Vinca riprese la propria espressione incerta.
« Quello che faccio adesso, Phil... Io non devo dare gli esami di maturità ».
« E che cosa vuoi fare? Disegno industriale, farmacia? Ti sei decisa o no? ».
« La mamma ha detto... ».
Senza alzarsi in piedi Phil, per la collera, recalcitrò come un puledro.
« "La mamma ha detto!". Bell'esempio di schiava! E che cosa ha detto "la mamma"? ».
« Ha detto » ripeté docile Vinca « che lei soffre di reumatismi, che Lisette ha soltanto otto anni, e che senza andare a cercare tanto lontano io ho di che occuparmi a casa nostra, che fra poco terrò i conti di casa e dovrò seguire l'educazione di Lisette, i domestici, e tutto quanto, insomma... ».
« "Tutto quanto"! Niente di niente! ».
« ...che mi sposerò... ».
Arrossì, tolse la mano dai capelli di Phil e parve sperare di sentire una parola che lui non pronunciò.
« ...insomma, che fino a quando non mi sposerò ho di che occuparmi... ».
Phil si girò e la squadrò con disprezzo.
« E questo ti basta? Ti basterà per... diciamo, cinque, sei anni, forse di più? ».
Gli occhi azzurri vacillarono, ma non distolsero lo sguardo.
« Sì, Phil, intanto che si aspetta... Dato che abbiamo solo quindici e sedici anni... Dato che siamo costretti ad aspettare... ».

Phil accusò l'urto della parola detestata e si sentì mancare le forze. Ancora una volta la semplicità della sua compagna e la sottomissione che essa aveva il coraggio di confessare, quella maniera femminile di sacrificare a un altare antico e modesto lo lasciavano senza parole, deluso, ma vagamente pacificato. Avrebbe accettato una Vinca esuberante, pronta all'avventura e scalpitante come una giumenta impastoiata davanti al lungo, duro passaggio dell'adolescenza?...
Appoggiò il capo contro il vestito della sua amica d'infanzia. Le ginocchia sottili trasalirono e si serrarono, e Philippe pensò con foga improvvisa alla loro forma deliziosa. Ma chiuse gli occhi, abbandonò fiducioso il capo e rimase così, in attesa...

Phil raggiunse per primo il sentiero – due solchi di sabbia asciutta, mobile come un'onda, fra i quali cresceva un'erba avara e rosa dal sale – sul quale, dopo le grandi maree, le carrette venivano a cercare il goemone. S'appoggiava sui manici delle due reti da pesca e portava a bandoliera i due panieri con i gamberetti, ma aveva lasciato a Vinca le due smilze gaffe con le loro esche di pesce crudo e il suo blazer da pesca, preziosa reliquia amputata delle maniche. Si concesse un meritato riposo mentre aspettava la compagna fanatica che aveva lasciato nel deserto di rocce, pozzanghere e alghe lasciate allo scoperto dalla grande marea di agosto. Prima di lasciarsi scivolare nel cavo del sentiero la cercò con gli occhi. In fondo alla spiaggia in pendio, tra i fuochi di cento piccoli specchi d'acqua che riverberavano il sole, un berretto di lana blu, scolorito come un cardo delle dune, segnava il luogo in cui Vinca cercava ancora, ostinatamente, i gamberetti e i granciporri.

« Se si diverte!... » mormorò Philippe.

Si lasciò scivolare, facendo deliziosamente aderire il torso nudo al solco di sabbia fresca. Vicino alla testa avvertiva, nei panieri, l'umido chiacchiericcio di una manciata di gamberetti e il raspare intelligente delle chele di un grosso gambero contro il coperchio...

Sospirò, preso da una felicità vaga e immacolata

alla quale contribuivano il piacere della fatica, il vibrare dei muscoli ancora tesi per l'arrampicata, il colore e il calore di un pomeriggio bretone carico di vapore salino. Si mise a sedere, gli occhi abbacinati dal cielo lattiginoso che avevano contemplato, e rivide con sorpresa il bronzo nuovo delle sue gambe e delle sue braccia – braccia e gambe di sedicenne, smilze ma piene, dalle quali il muscolo asciutto non era ancora emerso e che potevano inorgoglire sia una fanciulla che un ragazzo. Si asciugò con la mano la caviglia spellata che sanguinava e leccò dalla mano il salino del sangue misto a quello dell'acqua di mare.

La brezza, che soffiava da terra, sapeva di erba falciata, di stalla, di menta calpestata; sul filo dell'acqua, un rosa polveroso subentrava a poco a poco all'azzurro immutabile che vi regnava dal mattino. Philippe non seppe dire a se stesso: « Nella vita sono rare le ore in cui il corpo soddisfatto, gli occhi appagati e il cuore leggero, echeggiante, quasi svuotato, ricevono in un solo momento tutto ciò che possono contenere, e io mi ricorderò di quest'ora »; ma bastò il suono fesso di un campanaccio e il belato del capretto che lo faceva dondolare perché gli angoli della bocca gli trasalissero d'angoscia e il piacere gli riempisse gli occhi di lacrime. Non si voltò verso gli scogli bagnati sui quali vagabondava l'amica, e dalla sua emozione pura non esalò il nome di Vinca; un ragazzo di sedici anni non è in grado di chiamare, in soccorso di una delizia insperata, una coetanea che forse porta il suo stesso fardello...

« Ehi, ragazzo! ».

La voce che lo svegliò era giovane, autoritaria. Senza alzarsi Phil si girò verso una signora tutta vestita di bianco, che a dieci passi da lui affondava gli alti tacchi bianchi e il bastone da passeggio nel sentiero del goemone.
« Dimmi, ragazzo, non posso proseguire con l'auto su questo sentiero, vero? ».
Per educazione Philippe si alzò, si avvicinò e solo quando fu in piedi arrossì, sentendo sul petto nudo il vento che si era fatto più fresco e lo sguardo della signora in bianco, che sorrise e cambiò tono.
« Mi scusi... sono sicura che il mio autista si è sbagliato. L'avevo avvertito, ma inutilmente... Questa strada finisce in un sentiero e va solo verso il mare, non è vero? ».
« Sì, signora. È il sentiero del goemone ».
« Del Goemone? E quanto dista il Goemone? ».
Phil non fece a tempo a trattenere una risata che la signora imitò con compiacenza.
« Ho detto qualcosa di buffo? Stia attento, altrimenti le darò del tu: quando ride dimostra dodici anni ».
Ma lo guardava negli occhi, come un uomo.
« Signora, il goemone non è il Goemone con la G maiuscola, è... il goemone ».
« Spiegazione illuminante, » approvò la signora in bianco « di cui le sono molto obbligata ».
Aveva un modo virile, condiscendente di prendere in giro, che aveva il medesimo accento del suo sguardo tranquillo, e Philippe si sentì tutt'a un tratto stanco, pencolante e debole, paralizzato da una di quelle crisi di femminilità che colgono un adolescente in presenza di una donna.
« Ha fatto buona pesca? ».

« No, signora, non molto... Cioè... Vinca ha più gamberetti di me... ».
« Chi è Vinca? Sua sorella? ».
« No, signora, un'amica ».
« Vinca... È un nome straniero? ».
« No... cioè... vuol dire Pervinca ».
« E ha la sua età, quest'amica? ».
« Vinca ha quindici anni. Io ne ho sedici ».
« Sedici anni... » ripeté la signora in bianco. Non fece commenti, e dopo un momento aggiunse:
« Ha un po' di sabbia sulla guancia ».
Phil si pulì la guancia con foga, quasi da scorticarsi la pelle, poi lasciò ricadere il braccio. « Non sento più le braccia » pensò. « Credo che sverrò... ».
La signora in bianco liberò Philippe dal suo sguardo tranquillo e sorrise.
« Ecco Vinca » disse additando la curva del sentiero dalla quale spuntava la ragazza, che trascinava una rete col telaio di legno e la giacca di Philippe. « Arrivederla, signor...? ».
« Phil » rispose il ragazzo meccanicamente.
Lei non gli tese la mano e lo salutò con un cenno del capo ripetuto due o tre volte, come una donna che risponda « sì, sì » a un pensiero nascosto. Non era ancora scomparsa dalla vista quando arrivò Vinca di corsa.
« Phil! Chi è quella signora? ».
Con le spalle e con tutto il viso Phil mostrò di non saperne niente.
« Non la conosci e parli con lei? ».
Phil squadrò l'amica con la malizia che gli stava rinascendo dentro, scrollando via un giogo pas-

seggero. Percepiva con gioia la loro età, la loro amicizia già turbata, il proprio dispotismo e la devozione astiosa di Vinca. Bagnata fradicia, Vinca mostrava le ginocchia straziate di un san Sebastiano, perfette sotto l'epidermide graffiata, e mani da aiuto giardiniere o da mozzo; attorno al collo aveva un fazzoletto ormai verde e il suo giubbotto sapeva di cozze crude. Il vecchio berretto peloso non rivaleggiava più con l'azzurro dei suoi occhi, e tranne che per quegli occhi ansiosi, gelosi, eloquenti, Vinca assomigliava a un liceale travestito per una sciarada. Phil scoppiò a ridere e lei gli gettò il blazer in faccia, pestando un piede spazientita.

« Allora, vuoi rispondermi? ».

Phil infilò con noncuranza le braccia nude là dove un tempo c'erano le maniche della giacca.

« Quanto sei scema! È una signora in automobile che ha sbagliato strada. Ancora un po' e la macchina restava insabbiata qui. Io le ho dato qualche informazione ».

« Ah... ».

Seduta per terra, Vinca svuotava le scarpe di corda facendone piovere ghiaia bagnata.

« E perché se l'è data a gambe proprio quando arrivavo io? ».

Philippe indugiò un po' prima di rispondere. Assaporò di nuovo, in segreto, la sicurezza composta, lo sguardo fermo della sconosciuta e il suo sorriso pensoso. Si ricordò che gli dava del lei con serietà. Ma si ricordò anche che aveva detto « Vinca » e basta, in maniera troppo familiare e anche un tantino ingiuriosa. Aggrottò le sopracciglia e il suo sguardo protesse l'innocente disordine della sua amica. Ci pensò un momento e trovò una risposta ambigua che soddisfaceva, allo stesso tempo, il suo gusto per il segreto romantico e la sua pudicizia di giovane borghese.

« Ha fatto benissimo » rispose.

Provò a pregarla:
« Vinca, guardami! Dammi la mano... Pensiamo ad altro! ».
Lei si girò verso la finestra e ritirò piano la mano.
« Lasciami. Sono avvilita ».
La grande marea d'agosto, che porta la pioggia, riempiva la finestra. La terra finiva lì, ai margini del prato sabbioso. Ancora uno sforzo del vento, ancora un sollevarsi del campo grigio arato da schiume parallele, e probabilmente la casa si sarebbe messa a navigare come un'arca... Ma Phil e Vinca conoscevano la marea d'agosto e il suo tuono monotono, la marea di settembre e i suoi bianchi cavalli scarmigliati. Sapevano che quel tratto di prato restava invalicabile e nella loro infanzia avevano riso, anno dopo anno, di quei nastri saponosi che danzavano impotenti lungo il bordo rosicchiato dell'impero degli uomini.
Phil aprì nuovamente la porta a vetri, faticò a richiuderla e sfidando il vento tese la fronte alla pioggia sottile vagliata dalla tempesta, la dolce pioggia marina un po' salata che viaggiava nell'aria come fumo. Raccolse sulla terrazza le bocce con i chiodi d'acciaio e il pallino di legno lasciati la mattina, i tamburelli e le palle di gomma e sistemò in un ripostiglio quei giocattoli che non lo divertivano più, con la cura che si usa

per un travestimento che deve servire a lungo. Dietro la finestra gli occhi della Pervinca lo seguivano e le gocce che scivolavano lungo i vetri sembravano colare da quegli occhi ansiosi, di un azzurro che non dipendeva né dallo stagno marezzato del cielo, né dal piombo inverdito del mare.
Phil ripiegò le poltrone di legno e capovolse il tavolo di vimini, e nel farlo non sorrideva alla sua piccola amica. Da molto tempo ormai non avevano più bisogno di sorridersi per piacersi, e quel giorno non c'era niente che desse loro gioia.
« Ancora qualche giorno, tre settimane » si disse. Si pulì le mani dalla sabbia su un ciuffo di serpillo bagnato, carico di fiori e di piccoli calabroni sorpresi dalla pioggia che aspettavano, intirizziti, il prossimo raggio di sole. Respirò dal palmo delle mani il profumo fresco, casto, e resistette a un'ondata di debolezza, di languore, a una tristezza di bimbo decenne. Ma guardò il viso di Vinca contro il vetro, tra le lunghe lacrime di pioggia e le corolle vorticanti del vilucchio disfatto, quel viso di donna ch'essa mostrava solo a lui e celava a tutti dietro i suoi quindici anni di ragazza assennata e allegra.
Una schiarita trattenne l'acquazzone nelle nubi e socchiuse sopra l'orizzonte una ferita luminosa, da cui sbocciò un ventaglio capovolto di raggi di un bianco triste. L'anima di Philippe si protese verso quel momento di tregua, cercando il beneficio, la distensione che i suoi tormentati sedici anni ingenuamente rivendicavano. Ma, girato verso il mare, egli sentiva dietro di sé la finestra chiusa e Vinca appoggiata al vetro.

« Ancora qualche giorno » si ripeté « e non saremo più insieme. Cosa possiamo fare? ».
Non ricordava più che l'anno prima la fine delle vacanze aveva fatto di lui un ragazzo infelice, che al ritorno a Parigi e con la vita di allievo esterno si era poi calmato e rassegnato alle consolazioni domenicali. L'anno prima Philippe aveva quindici anni; ogni compleanno relegava in un passato confuso e meschino tutto ciò che non era lui e Vinca. L'amava dunque tanto? Phil se lo chiese e, non trovando altra parola che non fosse amore, con un gesto di rabbia si liberò la fronte dai capelli.
« Forse non l'amo tanto, però lei è mia, ecco! ».
Si voltò verso la casa e gridò nel vento:
« Vinca, vieni! Non piove più! ».
Vinca aprì la porta e si tenne sulla soglia come una malata, alzando una spalla verso l'orecchio con fare timoroso.
« Su, vieni! Il mare si sta calmando e porterà via la pioggia ».
Vinca si fasciò i capelli con un fazzoletto bianco che annodò sulla nuca: sembrava che fosse ferita.
« Vieni almeno fino al Naso. È asciutto, sotto la roccia ».
Senza parlare lei lo seguì sulla scogliera, per il sentiero della dogana a picco sul mare. Camminando calpestavano l'origano dall'aroma pungente e gli ultimi profumi del meliloto. Sotto di loro il mare schioccava come una bandiera strappata e leccava mellifluo le rocce. La sua forza sospingeva in alto sulla scogliera delle zaffate tiepide, che portavano l'odore delle cozze e l'aroma di

terra delle fessure tra le rocce che il vento e gli uccelli in volo avevano seminato.
Arrivarono al loro rifugio, asciutto e riparato da una prua rocciosa, un nido senza sponde da dove sembrava di navigare verso il mare aperto. Philippe si sedette di fianco a Vinca, che gli appoggiò la testa sulla spalla. Sembrava sfinita e chiuse subito gli occhi. Le sue guance abbronzate, rosee e tonde, spolverate di efelidi fulve, vellutate da un accenno di peluria di una soavità vegetale, dal mattino erano impallidite, e così la sua bocca fresca, sempre un po' screpolata come un frutto morso dall'ardore del giorno.
Dopo pranzo, invece di opporre alle lamentele del suo « innamorato d'infanzia » il suo solito buonsenso di piccola borghese intelligente, cocciuta e dolce, era scoppiata in lacrime, lasciandosi andare a confessioni disperate e ad amare constatazioni piene di odio per la loro giovinezza, per l'avvenire irraggiungibile, la fuga impossibile, la rassegnazione inaccettabile... Aveva gridato « Ti amo! » come si dice « Addio », e « Non posso più lasciarti » con occhi pieni di orrore. L'amore, cresciuto prima di loro, aveva reso magica la loro infanzia e preservato la loro adolescenza dalle amicizie equivoche. Meno ignorante di Dafni, Philippe adorava e maltrattava Vinca come un fratello, ma le voleva bene come se fossero stati uniti in matrimonio fin dalla culla, alla maniera orientale...
Vinca sospirò e riaprì gli occhi senza sollevare la testa.
« Ti peso, Phil? ».
Lui fece segno di no, ammirando, così vicini ai

suoi, quegli occhi azzurri di un azzurro che, palpitando tra le punte bionde delle ciglia, gli inteneriva sempre di più il cuore.

« Vedi, » disse « la burrasca sta calando. Ci sarà ancora mare grosso alle quattro del mattino... Ma ora il cielo è più sereno, e stasera spunterà una bella luna piena... ».

Istintivamente parlava di schiarita, di tregua, conduceva Vinca verso immagini serene. Ma lei non rispondeva.

« Verrai domani a giocare a tennis dai Jallon? ».

Vinca fece segno di no con la testa, a occhi chiusi, con subitaneo furore, come se volesse rifiutare per sempre di bere, di mangiare, di vivere...

« Vinca! » la esortò Phil con voce severa. « Bisogna andarci ».

Vinca socchiuse le labbra e fece vagare sul mare uno sguardo da condannata a morte.

« E allora ci andremo » ripeté. « Perché non andarci? E perché andarci? Non c'è niente che possa cambiare le cose ».

Pensarono entrambi al giardino dei Jallon, al tennis, alla merenda. Pensarono, da amanti puri e forsennati, al gioco che anche domani li avrebbe mascherati da ragazzi che ridono spensieratamente, e si sentirono sfiniti dalla stanchezza.

« Ancora qualche giorno » si disse Philippe « e non saremo più insieme. Non ci sveglieremo più sotto lo stesso tetto e vedrò Vinca solo la domenica, a casa sua o a casa mia oppure al cinema. E ho sedici anni. Sedici anni, cinque mesi e ventun giorni. Centinaia e centinaia di giorni... Alcuni mesi di vacanze, d'accordo, ma quando finiscono è atroce... Eppure lei è mia, mia... ».

Si accorse in quel momento che Vinca gli scivo-

lava via dalla spalla. Con un movimento lento, impercettibile, volontario, scivolava a occhi chiusi sul piccolo pendio roccioso, così angusto che già i suoi piedi penzolavano nel vuoto... Phil capì e non tremò. Soppesò l'opportunità di ciò che Vinca tentava di fare e strinse il braccio attorno alle sue reni per non staccarsi da lei. Stringendola contro di sé, sperimentò la realtà ben viva, elastica, la vigorosa perfezione di quel corpo di ragazza pronto a obbedirgli nella vita, pronto a trascinarlo con sé nella morte...
« Morire... E perché?... No, non ancora. Devo proprio andare all'altro mondo senza aver realmente posseduto ciò che è nato apposta per me? ».
Su quella roccia inclinata Phil sognò il possesso come può sognarlo un adolescente timido, ma anche un uomo esigente, fieramente deciso a godere di un'eredità che il tempo e le leggi umane gli hanno destinato. Per la prima volta fu solo a decidere la sorte di entrambi, libero di abbandonarsi con Vinca alle onde o di aggrapparsi con lei alla sporgenza della roccia, come il seme testardo che, nutrito di poco, vi fioriva...
Strinse più forte Vinca cingendola alla vita, issò il suo corpo grazioso che si faceva pesante e la incitò chiamandola per nome:
« Vinca, su! ».
Ritto in piedi la sovrastava, e Vinca, guardandolo, lo vide risoluto, impaziente, e capì che l'ora di morire era passata. Ritrovò con estasiata indignazione il raggio del tramonto negli occhi neri di Philippe, i suoi capelli scomposti, la sua bocca e le ali d'ombra che una peluria virile gli disegnava sopra le labbra. Gridò:

« Tu non mi ami abbastanza, Phil, non mi ami abbastanza! ».
Philippe fece per parlare, ma tacque, perché non aveva niente di nobile da confessarle. Arrossì e abbassò la testa. Quando Vinca scivolava verso il luogo in cui l'amore cessa di tormentare anzitempo le sue vittime, lui aveva avuto la colpa di trattarla come un relitto prezioso e sigillato di cui conta unicamente il segreto, e di averla rifiutata alla morte.

Da qualche giorno, al mattino, l'odore dell'autunno giungeva furtivo fino al mare.
Dall'alba fino all'ora in cui la terra, riscaldata, lascia che il soffio fresco del mare respinga l'aroma, meno denso, dei solchi aperti, del grano trebbiato, del concime fumante, in quelle mattine d'agosto si sentiva l'autunno. Una rugiada tenace sfavillava ai piedi delle siepi, e se a mezzogiorno Vinca raccoglieva qualche foglia di tremolo, matura e caduta prima del tempo, il rovescio bianco ancora verde era umido e diamantato. Dalla terra spuntavano funghi umidicci, e a causa delle notti più fresche i ragni dei giardini si rintanavano la sera nel ripostiglio dei giochi e si disponevano, saggi e ordinati, sul soffitto.
Ma le ore centrali della giornata sfuggivano alle reti della bruma d'autunno, alle ragnatele tese sui rovi carichi di more, e la stagione sembrava retrocedere al mese di luglio. Alto nel cielo, il sole beveva la rugiada, imputridiva i funghi appena nati, crivellava di vespe la vigna troppo vecchia con i suoi grappoli stenti, e Vinca e Lisette si toglievano all'unisono il giacchino di maglia che dalla colazione proteggeva loro le braccia e il collo abbronzati lasciati scoperti dall'abito bianco. Ci fu così una serie di giornate immobili, senza vento, senza nubi tranne qualche sbaffo lattiginoso, lento, che compariva verso mezzogiorno e poi si dileguava: giorna-

te così divinamente uguali che Vinca e Philippe, placati, potevano credere che l'anno si fosse fermato nel suo momento più dolce, fiaccamente ostacolato da un mese di agosto che non sarebbe mai finito.

Vinti dalla felicità fisica, pensarono meno alla separazione di settembre e abbandonarono il loro drammatico umore di adolescenti già invecchiati, a quindici e sedici anni, dall'amore prematuro, dal segreto, dal silenzio e dalla periodica amarezza delle separazioni.

Qualcuno dei ragazzi vicini, loro compagni di tennis e di pesca, lasciò il mare per la Turenna; le ville attorno vennero chiuse; sulla costa, Philippe e Vinca restarono soli, nella grande casa con l'atrio di legno verniciato che sapeva di nave. Godettero di una solitudine perfetta, tra famigliari che sfioravano continuamente senza quasi vederli. Per quanto assorta in Philippe, Vinca compiva tutti i suoi doveri di ragazza. Coglieva dal giardino tralci di viburno e clematidi lanuginose per ornare la tavola, e, dall'orto, le prime pere e l'ultimo ribes; serviva il caffè, porgeva a suo padre e al padre di Philippe il fiammifero acceso, tagliava e cuciva abitini per Lisette e, tra quei famigliari fantasma che distingueva appena e quasi non udiva, viveva una vita strana; vi pativa la semisordità, la semicecità piacevoli che preludono a una sincope. La sorellina Lisette sfuggiva ancora alla sorte comune e brillava di colori netti e autentici. Lisette, del resto, assomigliava alla Pervinca come un fungo piccolo assomiglia a uno più grande.

« Se muoio » diceva Vinca a Philippe « ti resterà Lisette... ».

Ma Philippe alzava le spalle e non rideva, perché gli innamorati di sedici anni non ammettono né i cambiamenti né la malattia né l'infedeltà, e nei loro piani fanno spazio alla morte solo se la conferiscono come un premio, o se se ne avvalgono come di una scappatoia perché non ne hanno trovate altre.

In un fulgido mattino d'agosto Phil e Vinca decisero di disertare la mensa famigliare e di portarsi in una cala a loro misura la colazione, i costumi da bagno e Lisette. Negli anni passati avevano mangiato spesso da soli durante le loro esplorazioni di quegli anfratti, ma era un piacere ormai logoro, guastato dall'inquietudine e dagli scrupoli. Quel fulgido mattino riusciva però a ringiovanire perfino quei ragazzi smarriti che talvolta si giravano a guardare la porta invisibile varcando la quale erano usciti dall'infanzia. Philippe camminava in testa sul sentiero della dogana e portava le reti per la pesca del pomeriggio e la sporta nella quale tintinnavano il litro di sidro frizzante e la bottiglia di acqua minerale. Lisette, in golf e costume da bagno, dondolava il pane ancora tiepido legato in un canovaccio e Vinca, carica di panieri come un asino africano, chiudeva la marcia in maglia blu e pantaloni bianchi. Quando il sentiero faceva una svolta pericolosa, Philippe gridava senza voltarsi:

«Aspetta, prendo uno dei panieri».

«Non importa» rispondeva Vinca.

E trovava anche il modo di guidare Lisette quando le felci sommergevano la sua piccola testa e il caschetto di capelli biondi e lisci.

Si scelsero la loro caletta, una fenditura tra due

rocce che le maree avevano provvisto di sabbia fina e che si apriva sul mare come una cornucopia. Lisette si tolse i sandali e si mise a giocare con le conchiglie vuote. Vinca si arrotolò sulle cosce brune i pantaloni bianchi e scavò un buco nella sabbia umida, sotto una roccia, per coricarvi al fresco le bottiglie.

« Vuoi che ti aiuti? » propose fiaccamente Philippe.

Vinca non si degnò di rispondere e lo guardò ridendo silenziosamente. L'azzurro raro dei suoi occhi, le guance scurite dalla tinta calda che hanno le pesche noci di spalliera, la doppia lama curva dei denti brillarono per un attimo con un'indicibile forza cromatica dalla quale Philippe si sentì quasi ferito. Ma poi Vinca si girò e lui la vide senza emozione, andare, venire, chinarsi agilmente, libera e svestita come un ragazzino.

« Sappiamo benissimo che hai portato soltanto la bocca per mangiare! » gridò Vinca. « Ah, questi uomini! ».

L'« uomo » di sedici anni accettò la canzonatura e l'omaggio. Quando la tavola fu apparecchiata chiamò in tono severo Lisette, mangiò i sandwich che Vinca gli imburrava, bevve il sidro puro, intinse nel sale la lattuga e il groviera tagliato a dadini e leccò sulle dita il succo delle pere. Vinca badava a tutto come un giovane coppiere con la fronte cinta da una banda blu. Toglieva la lisca alle sardine di Lisette, distribuiva oculatamente le bevande, pelava la frutta e poi si affrettava a mangiare con tutto il vigore dei suoi giovani denti. A qualche metro di distanza si udiva lo sciacquio della marea calante; in alto sulla costa ronzava una trebbiatrice e sulla spiaggia, lì vicino, dalla roccia barbata d'erba e di fiorellini gialli stillava un'acqua priva di sale che sapeva di terra...

Philippe si sdraiò, piegando un braccio sotto la testa.

« Si sta bene » mormorò.

Vinca, in piedi, con le mani occupate ad asciugare coltelli e bicchieri, lasciò cadere su di lui il raggio azzurro del suo sguardo. Phil non si mosse, nascondendo il piacere che provava quando lei l'ammirava. Sapeva di essere bello in quel momento, con le guance accaldate, la bocca lustra, la fronte coricata in un armonioso disordine di capelli neri.

Vinca si rimise al suo lavoro di piccola squaw senza dir parola e Philippe chiuse gli occhi, cullato dal riflusso della marea, dal suono lontano di una campana di mezzogiorno e dalla voce di Lisette che cantava in sordina. Scese rapidamente su di lui un sonno leggero, pomeridiano, nel quale faceva breccia ogni rumore, ma che usava ogni rumore ai fini di un sogno tenace: coricato su quella riva bionda, dopo una merenda infantile, egli fu un Phil antico e selvaggio, privo di tutto e allo stesso tempo primitivamente appagato poiché possedeva una donna...

Uno strillo più acuto lo costrinse a sollevare le palpebre; vicino al mare che il riverbero meridiano e la luce verticale privavano del colore, Vinca, chinata su Lisette, medicava qualche graffio, toglieva una spina da una manina alzata e fiduciosa... L'immagine non turbò la fantasia di Philippe, che richiuse gli occhi.

« Un figlio... È giusto, abbiamo un figlio... ».

Il suo sogno di uomo in cui l'amore, precorrendo l'età dell'amore, si lasciava a sua volta superare dalle sue finalità semplici e generose, sprofondò verso solitudini di cui fu assoluto padrone. Oltrepassò una grotta – un'amaca di fibre vegetali gravata da una sagoma nuda, un fuoco rosseggiante che palpitava rasente il terreno –, poi smarrì il suo senso divinatorio, la potenza del volo, sbandò, cadde e toccò il fondo soffice del sonno più buio.

« È incredibile come si accorciano le giornate! ».
« Perché incredibile? Tutti gli anni a quest'epoca dici la stessa cosa. Non sarai tu a cambiare il solstizio, Marthe ».
« E chi parla di solstizio? Non gli chiedo niente, io, al solstizio, e vorrei che facesse lo stesso con me ».
« È ben curiosa l'incapacità femminile di comprendere certe nozioni. Ecco una donna alla quale ho spiegato venti volte il sistema delle maree, eppure quando accenno alle sigizie ho l'impressione di parlare al muro ».
« Auguste, non è certo perché sei mio cognato che darò più ascolto a te che agli altri... ».
« Signoriddio! Non mi stupisco più che tu non ti sia sposata, Marthe. Per favore, cara, passami il posacenere ».
« Se te lo passo, dove vuoi che Audebert metta la cenere della pipa? ».
« Non si preoccupi, signora Ferret, bastano e avanzano le conchiglie che i ragazzi hanno seminato su tutti i tavoli ».
« È colpa tua, Audebert. Il giorno che gli hai detto "Che belle queste conchiglie, si potrebbe farne dei posacenere artistici", hai trasformato i loro vagabondaggi sugli scogli in missioni di fiducia. Non è vero, Phil? ».
« Sì, signor Ferret ».
« Per quella missione, Ferret, tua figlia ha abban-

donato la sua prima attività commerciale! Sai cosa aveva escogitato Vinca? Di mettersi in contatto con Carbonieux, quello che ha quel grande negozio di uccelli e becchime, per fornirgli gli ossi di seppia sui quali i canarini in gabbia si affilano il becco! Vinca, di' un po' se mento? ».

« No, non mente, signor Audebert ».

« È più portata per il commercio di quanto si creda, questa bricconcella. A volte mi rimprovero... ».

« Oh, Auguste, ricominci? ».

« Sì, ricomincio, se mi va. Tu pretendi di tenere a casa questa bambina e va bene, ma cosa pensi di offrirle per il suo sviluppo fisico e morale? ».

« Quello che offro a me stessa. Non credo che tu mi veda spesso girare i pollici, no? E poi la mariterò. Punto e basta ».

« Mia sorella è per le vecchie tradizioni ».

« Non sono certo i mariti che se ne lamentano ».

« Ben detto, signora Ferret. L'avvenire di una ragazza... So bene che non c'è fretta. Quindici anni, Vinca fa ancora a tempo a scoprirsi una vocazione. Eh, Vinca, stai ascoltando? Accusata, cosa avete da dire in vostra difesa? ».

« Niente, signor Audebert ».

« "Niente, signor Audebert!". Non ti fai certo cattivo sangue! I nostri ragazzi se ne infischiano altamente di noi, Ferret. E stasera sono dei veri angioletti! ».

« Hanno fatto una vita scriteriata. Vinca ha consumato il sedere dei pantaloni a furia di pescare! ».

« Marthe! ».

« Marthe cosa? Perché ho detto sedere? Non siamo mica inglesi! ».

« Davanti a un giovanotto! ».
« Non è un giovanotto, è Phil. Cosa stai disegnando, Phil? ».
« Una turbina, signor Ferret ».
« Complimenti al futuro ingegnere... Audebert, hai visto la luna sul Grouin? Sono quindici estati che la vedo levarsi dal mare, quella luna d'agosto, e non ne sono ancora stanco. Pensare che quindici anni fa il Grouin era brullo e che è stato il vento da solo a seminare tutti quegli alberelli... ».
« Lo dici come se lo raccontassi a un turista, Ferret. Quindici anni fa io cercavo un angolino in riva al mare per mangiarmi i primi seicento bigliettoni di risparmi... ».
« Già quindici anni! È vero, Philippe non camminava ancora da solo... Cara, vieni a vedere la luna. Dimmi se in quindici anni l'hai mai vista di quel colore. Caspita, è verde, assolutamente verde! ».
Philippe levò su Vinca uno sguardo inquisitore. Era stato appena evocato un tempo in cui lei era invisibile a tutti, e tuttavia già un po' viveva. Philippe, d'altronde, non conservava alcun ricordo preciso dell'epoca in cui muovevano assieme i primi passi malfermi sulla sabbia bionda delle vacanze: la piccola sagoma di un tempo lontano, mussola bianca e carne brunita dal sole, era svanita. Ma quando Philippe pronunciava in cuor suo il nome di Vinca, quel nome richiamava, inseparabile da lei, il ricordo della sabbia, calda contro le ginocchia, stretta e fugace nel cavo delle mani...
Gli occhi azzurri della Pervinca incontrarono

quelli di Philippe e, altrettanto impassibili, se ne distolsero subito.
« Non vai di sopra a dormire, Vinca? ».
« Non subito, mamma, per favore. Prima finisco il festone del pagliaccetto di Lisette ».
Parlò con voce dolce, poi respinse lontano da sé e da Philippe le pallide Ombre, a malapena presenti, della cerchia famigliare. Phil, che aveva disegnato una turbina, un'elica di aereo, il meccanismo di una scrematrice, aggiunse alle pale dell'elica i grandi occhi ombrati che si vedono sulle ali delle vanesse, qualche gracile zampa e un paio di antenne. Poi tracciò una V maiuscola e la deformò fino a farla rassomigliare, con l'aiuto di una matita blu, a un occhio azzurro bordato di lunghe ciglia: l'occhio di Vinca.
« Guarda, Vinca ».
Lei si chinò, posò sul foglio la sua mano di selvaggia, scura come legno stagionato, e sorrise.
« Ti manca una rotella ».
« Cos'ha fatto ancora? » gridò il signor Audebert.
I due giovani si voltarono verso quella voce con un'aria attonita e lievemente sprezzante.
« Niente, papà » rispose Philippe. « Una sciocchezza. Ho messo le zampe alla turbina per farla andare più in fretta ».
« Ah, quando arriverai all'età della ragione farò sventolare una bandiera! Non ha sedici anni questo ragazzo, ne ha sei! ».
Vinca e Philippe fecero un sorriso educato e poi bandirono nuovamente dalla loro presenza quegli esseri indistinti che giocavano a carte o ricamavano accanto a loro. Udirono ancora, come attraverso un mormorio d'acqua, qualche frase

scherzosa sulla « vocazione » di Philippe, promessa della meccanica e dell'elettricità applicata, e sul matrimonio di Vinca, argomento consueto. Scoppiarono risate attorno alla grande tavola perché qualcuno aveva parlato di unire in matrimonio Philippe e Vinca...

« Ah, ah! Sarebbe come sposare fratello e sorella! Si conoscono troppo bene! ».

« Per l'amore, signora Ferret, ci vuole l'imprevisto, il colpo di fulmine! ».

« "*L'amour est enfant de Bohème...*" ».

« Non cantare, Marthe! Siamo così contenti che il maestrale abbia riportato il bel tempo! ».

...Lui e Vinca fidanzati? Philippe sorrise, pieno di indulgente pietà. Fidanzati... Perché mai? Vinca gli apparteneva, così come lui apparteneva a Vinca. Saggiamente, essi avevano già previsto che un fidanzamento ufficiale a lunga scadenza avrebbe turbato la loro lunga passione. Avevano previsto le canzonature quotidiane, le risatine intollerabili, e anche il sospetto...

Insieme, richiusero lo spioncino attraverso il quale, trincerati nel loro amore, comunicavano talvolta con la vita reale. E nel medesimo tempo invidiarono la puerilità dei loro genitori, la loro facilità al riso, la loro fede in un avvenire tranquillo.

« Come sono allegri! » si disse Philippe. Cercò sulla fronte grigia di suo padre il vestigio di una luce, o almeno di una scottatura. « Poveraccio, non ha mai amato... » decretò con superbia.

Vinca si sforzò di evocare un tempo in cui sua madre, ragazza, aveva forse sofferto per un amore inconfessato. Notò in lei qualche capello precocemente imbiancato, un pince-nez d'oro e quella

magrezza che faceva di lei una signora così distinta...
Arrossì, reclamò per sé sola la vergogna di amare, il tormento del corpo e dell'anima, e abbandonò quelle Ombre vane per raggiungere Philippe su un sentiero dove essi nascondevano le proprie tracce, e sentivano che sotto il peso eccessivo di un bottino troppo ricco e troppo presto conquistato avrebbero anche potuto soccombere.

Alla curva Phil smontò dalla bicicletta, la buttò da un lato del sentiero e si gettò dall'altro sull'erba gessosa del pendio.

« Basta, basta! Si scoppia! Perché mai mi sono offerto di portare quel telegramma? ».

Dalla villa a Saint-Malo gli undici chilometri non gli erano sembrati troppo duri. Era sospinto dalla brezza di mare, e le due lunghe discese gli avevano incollato sul petto seminudo una fresca sciarpa d'aria turbinosa. Ma il ritorno gli stava facendo venire a nausea l'estate, la bicicletta e gli obblighi di cortesia. Agosto finiva tra le fiamme. Philippe scalciò con entrambi i piedi nell'erba ingiallita e si leccò dalle labbra la polvere impalpabile delle strade silicee. Cadde riverso, con le braccia in croce. La congestione passeggera gli dipingeva un'ombra nera sotto gli occhi, come fosse reduce da un incontro di boxe; e dalle cicatrici bianche e dalle ferite nere o rosse sulle sue gambe di bronzo, che spuntavano dai calzoncini sportivi, si potevano contare le settimane di vacanza e le giornate di pesca sugli scogli.

« Avrei dovuto portare Vinca » ridacchiò. « Sai che musica! ». Ma un altro Philippe dentro di lui, il Philippe che era innamorato di Vinca, il Philippe rinchiuso nel proprio amore precoce come un principe orfano in un palazzo troppo vasto, replicò al Philippe cattivo: « Se si fosse lamentata, te la saresti portata in spalla fino alla villa... ».

« Non è detto » protestò il Philippe cattivo... E questa volta il Philippe innamorato non osò discutere.

Era sdraiato ai piedi di un muro coronato di pini azzurrini e di tremoli bianchi. Sin da quando aveva imparato a reggersi in piedi e a girare in bicicletta, Philippe conosceva la costa a memoria. « È Ker-Anna » pensò. « Sento il rumore del generatore elettrico. Chissà chi avrà affittato la proprietà, quest'estate? ». Dietro il muro un motore imitava in lontananza l'ansito di un cane e le foglie dei tremoli argentei si arruffavano al vento come i piccoli flutti di un ruscello. Calmatosi, Phil chiuse gli occhi.

« Mi sembra proprio che si sia guadagnato un bicchiere di aranciata, Phil » disse una voce tranquilla.

Aprendo gli occhi, Phil vide chino sopra di sé, rovesciato come in uno specchio d'acqua, un viso di donna. Visto così, al contrario, mostrava un mento un po' grassoccio, una bocca ravvivata dal rossetto, un naso dalle narici sottili, irritabili, e due occhi scuri che, visti dal basso, sembravano due mezzelune. Tutto il viso, color ambra chiara, sorrideva con una familiarità niente affatto amichevole. Philippe riconobbe la signora in bianco che si era arenata con l'automobile sul sentiero del goemone, la signora che l'aveva interrogato dandogli prima del tu e poi del lei... Scattò in piedi e salutò come meglio poté. Appoggiandosi sulle braccia incrociate che le spuntavano nude dal vestito bianco, lei lo squadrò dalla testa ai piedi come la prima volta.

« Mi dica, » lo interrogò, perfettamente seria « è per un voto o per inclinazione naturale che se ne va sempre in giro mezzo nudo? ».
Il sangue, che si era ormai rinfrescato, montò nuovamente in fiamme alle orecchie e alle guance di Philippe, che rispose acido, gridando:
« No, signora, è perché ho dovuto spedire un telegramma a un cliente di papà. A casa non c'era nessuno disponibile e con questo tempo non si poteva mandare Vinca o Lisette! ».
« Non si scaldi tanto! » disse la signora in bianco. « Io sono estremamente impressionabile, basta un niente per farmi scoppiare in lacrime ».
Le sue parole e quello sguardo impassibile, nel quale aleggiava l'ombra di un sorriso, ferirono Philippe, che afferrò la bicicletta per il manubrio col gesto brusco di chi rimette in piedi un bambino che è caduto, e fece per montare in sella.
« Prenda prima un bicchiere di aranciata, Phil, la prego ».
Phil udì cigolare un cancello all'angolo del muro e il suo tentativo di fuga lo portò dritto davanti a una porta aperta, a un viale di ortensie di un rosa apoplettico e alla signora in bianco.
« Sono la signora Dalleray » disse questa.
« Philippe Audebert » rispose precipitosamente Phil.
La signora accennò un gesto d'indifferenza ed esclamò un « oh! » che voleva dire: « Questo non mi interessa ».
Gli camminava a fianco e sopportava imperterrita il sole che le batteva sui capelli neri, tesi e lucenti. Phil cominciò a sentir male alla testa e credette di essersi preso un'insolazione, poiché

ritrovava, accanto alla signora Dalleray, la speranza, il timore di uno svenimento che l'avrebbe esonerato dal pensare, dallo scegliere e dall'obbedire.

« Totote, l'aranciata! » gridò la signora Dalleray.

Phil trasalì, come se si fosse svegliato: « Lì c'è il muro » si disse. « Non è molto alto. Faccio un salto e... ». S'impedì di completare mentalmente la frase con: « ...e sono salvo ». Mentre saliva, dietro l'abito bianco, una scalinata abbacinante, fece appello a tutta l'insolenza dei suoi sedici anni: « Be', non mi mangerà mica! Se proprio ci tiene a sbolognarla, la sua aranciata!... ».

Entrò e, penetrando in una stanza buia, sbarrata ai raggi del sole e alle mosche, gli parve di precipitare nel vuoto. La temperatura, mantenuta bassa dalle persiane e dalle tende tirate, gli mozzò il respiro. Urtò col piede qualcosa di soffice, cadde su un cuscino, udì una risatina demoniaca che arrivava da una direzione imprecisata e mancò poco che scoppiasse a piangere per l'angoscia. Un bicchiere ghiacciato gli toccò la mano.

« Non la beva tutta d'un fiato » disse la voce della signora Dalleray. « Sei matta, Totote, a metterci il ghiaccio. La cantina è fredda abbastanza ».

Una mano bianca immerse tre dita nel bicchiere e subito le ritirò. Riflesso dal cubetto di ghiaccio stretto fra le tre dita, brillò il fuoco di un diamante. Con la gola serrata, Philippe bevve a occhi chiusi due piccoli sorsi, senza nemmeno avvertire il gusto aspro dell'arancia; ma quando sollevò le palpebre, i suoi occhi ormai assuefatti distinsero il rosso e il bianco di una tappezzeria, il nero e l'oro smorzato delle tende. Una donna che non aveva visto sparì portando con sé un vassoio tintinnante. Sul suo posatoio, un'ara rossa e blu aprì l'ala con un rumore di ventaglio e mostrò un'ascella che aveva il colore della carne turbata...

« Bella » disse Phil con la voce arrochita.

« Tanto più che è muta » disse la signora Dalleray.

Si era messa a sedere a una certa distanza da Philippe e fra loro saliva verticalmente il fumo di un'essenza che, bruciando, spandeva dalla coppa un odore di resina e di geranio. Philippe accavallò le gambe nude e la signora in bianco sorrise, accrescendo così la sensazione di incubo fastoso, di arresto arbitrario, di rapimento equivoco che toglieva a Philippe tutto il suo sangue freddo.

« I suoi genitori vengono tutti gli anni sulla costa, non è vero? » domandò infine la dolce voce virile della signora Dalleray.

« Sì » sospirò Phil con un senso di oppressione.

« È una zona davvero incantevole, che non conoscevo. Una Bretagna misurata, non molto caratteristica, ma riposante, e il mare ha un colore incomparabile ».

Philippe non rispose. Tendeva l'ultimo barlume di lucidità verso lo sfinimento progressivo che avvertiva, e si aspettava di sentir cadere sul tappeto, regolari, soffocate, le ultime gocce del sangue che abbandonava il suo cuore.

« A lei piace, no? ».

« Chi? » chiese Phil con un sussulto.

« Il litorale di Cancale ».

« Sì... ».

« Non si sente bene, Phil? No? Comunque sono un'eccellente infermiera, sa... Ma con questo caldo, lei ha mille volte ragione: è meglio stare zitti che parlare. E allora stiamo zitti ».

« Non ho detto questo... ».

Da quando erano entrati in quella stanza buia, la signora Dalleray non aveva fatto un gesto né azzardato una parola che esulassero dalla più perfetta banalità. Eppure il suono della sua voce infliggeva ogni volta a Philippe una sorta di trauma inesprimibile, ed egli accolse con terrore la minaccia di un reciproco silenzio. La sua uscita di scena fu pietosa e disperata. Urtò con il bicchiere il fantasma di un tavolino, proferì qualche parola che nemmeno intese, si alzò in piedi, guadagnò la porta fendendo marosi e ostacoli invisibili e tornò alla luce respirando come un asfissiato.

« Ah! » esclamò sottovoce.

E con gesto patetico si premette la mano là dove crediamo batta il cuore.

Poi riprese bruscamente coscienza della realtà, rise con aria sciocca, strinse con impertinenza la mano alla signora Dalleray, riprese la bicicletta e se ne andò. In cima all'ultima salita trovò ad aspettarlo Vinca, in pensiero.

« Ma cos'hai fatto per metterci tanto, Phil? ».

Il ragazzo baciò, attraverso le palpebre rese azzurrine dal colore delle pupille, gli incantevoli occhi azzurri dell'amica, e rispose con brio:

« Cos'ho fatto? Ma tutto! Sono stato assalito a una svolta della strada, mi hanno rinchiuso in una grotta, mi hanno dato da bere un potente sonnifero, poi mi hanno legato nudo a un palo, frustato, interrogato... ».

Vinca rideva, appoggiata alla sua spalla, mentre Philippe scuoteva la testa per staccare dalle ciglia due lacrime di nervosismo e pensava:
« Se sapesse com'è vero quello che le sto raccontando... ».

Da quando la signora Dalleray gli aveva offerto quel bicchiere di aranciata, Phil sentiva sulle labbra e in gola l'urto e il bruciore della bibita ghiacciata. E immaginava che fosse la prima e certo l'ultima volta in vita sua che beveva un'aranciata così amara.

« Eppure, mentre la bevevo non ne sentivo il sapore... È stato dopo, molto dopo... ». Quella visita, che Phil teneva nascosta a Vinca, costituiva nella sua memoria un punto pulsante e sensibile, la cui febbre benigna egli acuiva o calmava a piacere.

La vita di Philippe apparteneva sempre a Vinca, l'amica del cuore, nata accanto a lui, dodici mesi dopo di lui, legata a lui come una gemella al fratello gemello, ansiosa come un'amante destinata, l'indomani, a perdere l'amato. Ma né il sogno né l'incubo dipendono dalla vita reale. Da quando, un torrido pomeriggio nel salotto di Ker-Anna, Phil aveva bevuto il bicchiere di aranciata versatogli dall'imperiosa, seria signora in bianco, un brutto sogno, in cui dominavano l'ombra glaciale, il rosso cupo, il velluto nero e oro, invadeva la sua vita riducendo, come per effetto di una eclissi, le ore normali del giorno. Il lampeggiare del diamante sul bordo del bicchiere... il cubetto di ghiaccio che scintillava fra tre pallide dita... L'ara rossa e blu, muta sul suo posatoio, con l'ala foderata di piume bianche, rosate come l'incarnato delle pesche... L'adolescente dubitava della propria memoria quando riandava a quelle immagini dalle tinte accese e false, uno sfondo creato forse dal sonno, che forza il verde delle foglie fino a farlo apparire blu e dà a certe sfumature il risalto di un sentimento...

Da quella visita Phil non aveva tratto alcun piacere. Perfino il ricordo del profumo che bruciava nella coppa gli paralizzava talvolta l'appetito, provocandogli delle aberrazioni nervose:

« Non trovi, Vinca, che oggi i gamberetti sanno di medicina? ».

Era stato un piacere entrare in quel salotto chiuso, brancolare fra quegli ostacoli soffici e vellutati? Un piacere, la fuga precipitosa e maldestra, la cappa di sole che gli era calata improvvisa sulle spalle? No, no, niente di tutto ciò assomigliava al piacere, semmai al malessere, al tormento procurato da un debito...

« Devo ricambiare la sua gentilezza » si disse Philippe una mattina. « Nessuno mi obbliga a passare per maleducato. Bisogna che le porti dei fiori, e poi non ci penserò più. Ma quali fiori? ».

Gli astri della Cina che crescevano nell'orto e le vellutate bocche di leone non gli parvero all'altezza, l'agosto morente faceva sfiorire i caprifogli selvatici e le Dorothy Perkins avvinte al tronco dei tremoli. Ma, fra la villa e il mare, un avvallamento tra le dune, pieno fino all'orlo di cardi con i fiori azzurri e gli steli taglienti color lilla, meritava il nome di « specchio degli occhi di Vinca ».

« Cardi azzurri... ne ho visti in un vaso di rame, dalla signora Dalleray... Ma si possono regalare

i cardi? Li lascerò appesi al cancello... senza entrare... ».
Con la sagacità dei suoi sedici anni aspettò il giorno in cui Vinca, stanca, un po' indisposta, fiacca e d'umore irritabile, con un solco violetto sotto gli occhi azzurri, si sdraiò all'ombra e disse di non voler fare né bagni né gite. Colse allora i cardi più belli e ne fece segretamente un mazzo, ferendosi furiosamente le mani con le loro foglie di ferro; poi partì in bicicletta nel dolce clima bretone che velava la terra di foschia e mesceva nel mare un latte immateriale. Pedalò fino al muro di cinta di Ker-Anna, impacciato dai pantaloni di tela bianca e dalla giacca più bella che aveva, di jersey pesante, camminò piegato in due verso il cancello e, come se si liberasse di un corpo del reato, decise di gettare risolutamente il mazzo di cardi nel giardino. Fu un gesto ben ponderato. Trovato il punto in cui il muro di cinta quasi toccava la villa, roteò il braccio come una fionda e il mazzo volò in aria. Sentì un grido, dei passi sulla ghiaia e una voce soffocata dalla collera che riconobbe ugualmente:
« Se avessi tra le mani quel cretino... ».
Sentendosi insultato, Philippe rinunciò a fuggire e la signora in bianco, irritata, lo trovò vicino al cancello. Vedendolo cambiò espressione, spianò le sopracciglia aggrottate e si strinse nelle spalle.
« Avrei dovuto sospettarlo » disse. « Non è stata certo una pensata intelligente ».
Attese delle scuse che non vennero, perché Philippe, che la guardava, la stava ringraziando in cuor suo di essere ancora una volta vestita di bianco, con il viso discretamente ravvivato dal rossetto e dall'alone di bistro attorno agli occhi.

La signora si portò una mano alla guancia.
« Guardi, sanguino! ».
« Anch'io » rispose Philippe seccamente.
E tese le mani ferite. La signora si chinò e schiacciò con un dito una piccola perla di sangue sul palmo di Phil.
« Li ha colti per me? » chiese in tono indifferente.
Phil si limitò a rispondere con un cenno, rimproverandosi di mostrare a una donna gentile e beneducata dei modi da villano. Ma lei non sembrava seccata e neppure sorpresa.
« Vuole entrare un momento? ».
Phil rispose allo stesso modo di prima, e la sua muta protesta gli fece svolazzare i capelli attorno al viso; una strana severità lo rendeva più bello e lo privava di ogni altra espressione.
« Sono di un azzurro... di un azzurro indescrivibile... Li metterò nel braciere di rame... ».
Il viso di Phil si distese leggermente.
« Proprio quello che pensavo » disse. « Oppure in un vaso di grès grigio ».
« Sì, se vuole... In un vaso di grès grigio ».
Una sorta di docilità nella voce della signora Dalleray meravigliò Philippe. Lei se ne accorse, lo guardò negli occhi, ritrovò il sorriso disinvolto e quasi mascolino e cambiò tono.
« Mi dica, Phil... Una domanda, una semplice domanda... Questi bellissimi cardi azzurri lei li ha colti per me, per farmi piacere? ».
« Sì... ».
« Che carino. Per farmi piacere. Ma ha pensato di più al piacere che avrei provato io nel riceverli – mi capisca bene – oppure al piacere che provava lei nel coglierli per offrirli a me? ».

Senza ascoltarla Phil la guardava parlare come un sordomuto, la mente fissa alla forma della sua bocca e al battito delle sue ciglia. Non capì la domanda e rispose a casaccio:
« Ho pensato che le avrebbero fatto piacere... E poi lei mi aveva offerto l'aranciata... ».
La signora ritirò la mano che aveva posato sul braccio di Phil e spalancò il battente del cancello che prima era accostato.
« Benissimo. Allora, carino, lei deve andarsene e non tornare mai più ».
« Come?... ».
« Nessuno le ha chiesto di farmi piacere, perciò non si preoccupi più di venire qui, come oggi, a bombardarmi di cardi azzurri. Addio, Phil. A meno che... ».
Teneva la fronte ardita appoggiata al cancello che aveva prontamente richiuso fra di loro e squadrava Philippe, immobile sulla stradina.
« A meno che un giorno io non la ritrovi qui non per ripagarmi dell'aranciata con un mazzo di fiori spinosi, ma per un'altra ragione... ».
« Un'altra ragione... ».
« La sua voce sembra l'eco della mia, Phil. Quel giorno vedremo se sarà in gioco il mio piacere oppure il suo. A me piacciono solo i mendicanti e gli affamati. Se tornerà, torni con la mano tesa... Vada, ora, Phil, vada... ».
Si allontanò dal cancello e Philippe se ne andò. Cacciato, quasi bandito, il ragazzo portava però via con sé una fierezza d'uomo, e nel ricordo il fregio nero del cancello coronava, come un ramo di viburno, un viso di donna con la guancia tatuata di sangue fresco.

« Così cadrai, Vinca, hai la scarpa slacciata. Aspetta... ».
Phil si chinò di slancio, afferrò i due lacci di lana bianca e li incrociò su una caviglia bruna, fremente, snella, la gamba di un animale di razza, fatta per la corsa e l'ostacolo. La pelle indurita e le numerose cicatrici non ne mascheravano la grazia. Scarna e di ossatura sottile, con quel tanto di muscolo necessario a tornirla, la gamba di Vinca non suscitava il desiderio, ma quella sorta di esaltazione che offriamo a uno stile puro.
« Aspetta, ti dico! Non posso allacciarla se continui a camminare ».
« No, lascia! ».
Il piede di Vinca, nudo nella scarpa di tela, scivolò tra le mani che lo tenevano e, come se prendesse il volo, scavalcò la testa di Phil inginocchiato. Il ragazzo avvertì l'odore di lavanda, di biancheria stirata e di alga marina che costituiva il profumo di Vinca, e la vide a tre passi da lui. Lo guardava dall'alto in basso e dai suoi occhi, di un azzurro che rifiutava di imitare le sfumature cangianti del mare, si riversava su di lui una luce cupa e turbata.
« Cosa ti prende? Fai i capricci! Sarò ben capace di allacciare una scarpa, no? Davvero, Vinca, stai diventando impossibile! ».
La posa cavalleresca di Phil mal si addiceva al suo

viso offeso di dio latino, dorato, coronato di capelli neri, appena minacciato nella sua grazia dall'ombra dei futuri baffi – pelo ispido domani, peluria vellutata oggi.
Vinca non gli tornava vicino. Pareva sorpresa, e trafelata come se Phil l'avesse inseguita.
« Che cos'hai? Ti ho fatto male? Hai una spina nel piede? ».
Vinca fece segno di no e, quietata, cadde a sedere tra la salvia e i poligoni rosa e si tirò l'orlo della gonna sulle caviglie. Ogni suo movimento era governato da una sveltezza spigolosa e gradevole, da un equilibrio eccezionale come un dono coreografico. Il suo cameratismo tenero ed esclusivo con Phil l'aveva plasmata ai giochi da maschi, a una rivalità sportiva che ancora non cedeva davanti all'amore, tuttavia nato con essa. Malgrado la forza, ogni giorno più prodigiosa, che a poco a poco scacciava da loro la fiducia e la dolcezza, malgrado l'amore che mutava l'essenza del loro affetto come l'acqua colorata cambia il colore delle rose che l'assorbono, essi talvolta dimenticavano il loro amore.
Philippe non riuscì a sostenere a lungo l'azzurro incupito dello sguardo di Vinca, che non conteneva alcun rimprovero. Lei pareva soltanto sorpresa e aveva il respiro affrettato, come la cerbiatta che si incontra passeggiando nel bosco e che per l'emozione esita a darsi alla fuga. Più che il ragazzo inginocchiato, alla cui mano si era sottratta, Vinca interrogava il proprio istinto; sapeva di aver obbedito alla diffidenza, a una sorta di repulsione, e non al pudore. Un amore grande come il suo non lasciava spazio al pudore.

Ma con la sua purezza vigile Vinca avvertiva da segnali improvvisi una presenza femminile accanto a Philippe. Le accadeva persino di fiutare l'aria intorno a lui, come se egli avesse segretamente fumato una sigaretta o mangiato un dolce. Interrompeva allora il discorso chiudendosi in un silenzio imperioso come un sobbalzo, o colpendo Philippe con uno sguardo di cui egli sentiva tutto il peso; e scioglieva la mano da quella di lui, più piccola ma meno sottile della sua, quando passeggiavano lungo la strada prima di cena...

Era stato facile per Philippe nascondere a Vinca la terza e la quarta visita alla signora Dalleray; ma a che valgono la distanza e i muri di cinta contro l'antenna invisibile che, protesa da un'anima innamorata, scopre a tentoni l'infamia e si ritira? Innestato sul loro grande segreto, il piccolo segreto parassita faceva pesare su Philippe, in realtà innocente, una tara morale. Adesso Vinca lo trovava tenero, mentre, baldanzoso nel suo dispotismo di amante fraterno, egli avrebbe dovuto trattarla come una schiava. Si stava insinuando in lui un po' della bonomia dei mariti infedeli, e lo rendeva sospetto.

Dopo aver rimproverato Vinca per il suo umore strano, questa volta Philippe mantenne la sua aria arrogante e riprese la strada della villa, sforzandosi di non correre. Avrebbe fatto merenda a Ker-Anna di lì a un'ora, come gli aveva chiesto la signora Dalleray? Chiesto... sapeva solo comandare, quella, e dirigere con dissimulata durezza colui che aveva innalzato al rango di mendicante e di affamato. Mendicante che non voleva saperne di essere umile e che, quando ne era lontano, poteva pensare senza gratitudine alla donna che gli versava la bibita fresca e sbucciava la frutta, con quelle sue mani bianche che si prendevano cura del giovane viandante aitante e inesperto. Ma è giusto chiamare inesperto l'adolescente che l'amore ha fin dall'infanzia consacrato uomo e mantenuto puro? In luogo di una vittima facile, entusiasta di sottomettersi, la signora Dalleray trovava un antagonista affascinato e circospetto. Nonostante la bocca assetata e le mani tese, il mendicante non assumeva l'aspetto del vinto.

« Si difenderà » congetturava la donna. « Si sorveglia... ». Non era ancora giunta al punto di dire: « *Lei* lo sorveglia ».

Da casa Philippe poté gridare a Vinca, che era rimasta sul prato sabbioso:

« Vado a prendere la seconda posta! Hai qualche commissione? ».

Il gesto di diniego tese i capelli intorno alla testa di Vinca, in una ruota piena di sole e Philippe inforcò la bicicletta.

La signora Dalleray stava leggendo e non sembrava aspettarlo, ma l'ombra studiata del salotto, il tavolino quasi invisibile da cui saliva il profumo delle pesche tardive, del melone rosso di Cipro tagliato in tante falci di luna e del caffè versato sul ghiaccio tritato gli diedero l'informazione che cercava.

La signora Dalleray mise da parte il libro e, senza alzarsi, gli tese la mano. Nell'ombra Philippe vedeva l'abito bianco, la mano bianca: gli occhi neri, isolati nel loro alone di bistro, si muovevano con una lentezza insolita.

« Stava forse dormendo? » chiese Phil sforzandosi di assumere un tono cortesemente mondano.
« No... no certo. Fa caldo? Ha fame? ».
« Non saprei... ».
Phil sospirò, sinceramente indeciso, preso fin dal momento in cui era entrato a Ker-Anna da una sorta di sete, e da una sensibilità agli odori commestibili che avrebbe rassomigliato all'appetito se, nel medesimo tempo, un'indicibile ansietà non gli avesse chiuso la gola. La sua ospite comunque lo servì, e sulla paletta d'argento Philippe sentì il profumo della polpa rossa del melone spolverato di zucchero, impregnata di un liquore leggero dal gusto di anice.
« I suoi genitori stanno bene, Phil? ».
Phil la guardò sorpreso: pareva distratta, e sembrava che non avesse neppure udito il suono della propria voce. Un cucchiaio gli si impigliò nel bordo della manica e cadde sul tappeto con un debole suono di campanella.
« Che pasticcione... Aspetti... ».
Con una mano afferrò il polso di Phil e con l'altra gli rovesciò la manica fino al gomito, trattenendo saldamente il braccio nudo nella sua mano calda.
« Mi lasci! » gridò Phil.
Diede uno strattone col braccio. Un piattino cadde rompendosi ai suoi piedi. Nelle orecchie che gli fischiavano risuonava l'eco del grido di Vinca: « Lascia! ». Rivolse alla signora Dalleray uno sguardo pieno di risentimento e di interrogativi. La donna non si era mossa e la mano che lui aveva respinto le giaceva aperta sulle ginocchia, come una conchiglia capovolta. Philippe valutò a lungo quell'immobilità eloquente. Abbassò la te-

sta e vide passare davanti a sé due o tre immagini incoerenti, ineluttabili, immagini di volo come si vola in sogno, immagini di caduta come si cade tuffandosi, nell'istante in cui le increspature dell'onda incontrano il viso rovesciato; poi, senza slancio, con ponderata lentezza, con calcolato coraggio rimise il braccio nudo nella mano aperta.

Quando Philippe uscì dalla casa della signora Dalleray poteva essere l'una e mezzo di notte.
Per lasciare la villa di famiglia aveva dovuto aspettare che ogni rumore si fosse sopito, ogni luce spenta. Una porta a vetri, chiusa con un saliscendi, un cancello di legno che si richiudeva da solo e, più in là, la strada, la libertà... La libertà? Si era incamminato verso Ker-Anna pieno di remore, fermandosi a volte per respirare profondamente, mettendosi la sinistra sul cuore, la testa bassa, poi levata come quella di un cane che abbaia alla luna. Giunto in cima alla salita si era girato e aveva scorto, a metà scogliera, la casa dove dormivano i suoi genitori, i genitori di Vinca, e Vinca. La terza finestra, quella col balconcino di legno... Dietro le persiane chiuse, lei probabilmente dormiva. Dormiva girata un po' di fianco, con il viso sul braccio, come un bimbo che si nasconde per piangere, e i capelli tagliati pari le si aprivano a ventaglio dalla nuca alla guancia. L'aveva vista così spesso dormire, fin da quando erano bambini, e conosceva quell'atteggiamento di pacata malinconia che aveva soltanto nel sonno.
Per il timore di svegliarla telepaticamente Philippe si affrettò a girarsi di nuovo verso la strada che guidava i suoi passi, bianca nella notte lattiginosa del primo quarto di luna. L'ansia, l'amore, appena illanguiditi in fondo a un

sonno di adolescente, se li era sentiti improvvisamente addosso, vigili. Chissà se il loro peso, assai più della fredda paura che agghiaccia un ragazzo di sedici anni sulla via della sua prima avventura, avrebbe tramutato la prova in corvè e il delirio orgoglioso in pavida curiosità?... Prima di accelerare la corsa, con quel medesimo gesto di soffocamento e di invocazione alla luna, lungo il versante opposto del promontorio che al ritorno aveva scalato più lentamente, Phil aveva avuto solo un attimo di esitazione.

« Le due » contò, l'orecchio teso verso l'orologio del paese. I quattro rintocchi cristallini dei quarti, i due gravi delle ore viaggiarono mollemente nella tiepida bruma salina. Phil aggiunse le parole di rito: « Il vento è girato, si sente l'orologio della chiesa, cambierà il tempo... », e il suono di quella frase familiare gli giunse da molto lontano, da una vita remota... Si sedette sul bordo erboso di un'aiuola davanti alla villa, scoppiò in un pianto brusco e si vergognò di quelle lacrime finché non si accorse che piangeva con piacere.

Qualcuno al suo fianco esalò un gran sospiro; il cane del guardiano, ch'egli non distingueva ai suoi piedi, sonnecchiava sul vialetto di sabbia. Phil si chinò e accarezzò il pelo di cinghiale e il naso asciutto della bestia amica che non aveva abbaiato.

« Fanfare... vecchio Fanfare... ».

Ma il cane, che era avanti negli anni e aveva un temperamento bretone, si alzò e andò a sdraiarsi, con un rumore di vecchio sacco, fuori della portata di Phil.

La marea delle quadrature, addormentata sotto

la bruma in fondo al prato, inviava sulla spiaggia piccole onde estenuate che schioccavano l'una dopo l'altra come un panno bagnato. Nessun uccello vegliava, tranne una civetta che, ora in cima a un tremolo più bianco della bruma, ora sulla siepe di fusaggine, imitava furbescamente il verso del gatto.

Pian piano Philippe riprese mentalmente possesso dell'ambiente familiare e irriconoscibile. Quella pace notturna che espropria l'uomo gli offriva il rifugio, la transizione necessaria fra la sua vita di prima, il dolce paese di tutte le estati, e il luogo, il clima in cui turbinava un'indiscernibile tempesta di colori, di profumi, di luci che dalla loro fonte nascosta scaturivano come frecce acuminate o nastri pallidi e sottili... Mobili e fiori sembravano perdere il loro equilibrio e mostrare gli uni le loro magre gambe di cerbiatto, gli altri il verso lanuginoso delle foglie e gli steli rigidi in un'acqua tersa. Luogo e clima traditori, in cui una mano, una bocca di donna scatenavano a loro piacere l'annientamento di un universo tranquillo, il cataclisma benedetto dall'arco di un braccio nudo, simile al ponte luminoso che si innalza nel cielo dopo la folgore...

Ma almeno, la bufera attraverso la quale era appena passato Philippe se la lasciava alle spalle. Ne riportava solo una stanchezza di nuotatore, un'arrendevolezza vaga e universale di naufrago che tocca terra. Privilegiato rispetto a certi giovani che, spesso lacerati nell'intimo, hanno scambiato una lunga angoscia, feconda di sconfinate fantasticherie, con un piacere che d'ora in avanti limiterà i loro sogni, Philippe tornava a casa gravato solo da un normale stupore, con la consapevolezza di chi ha ecceduto nel bere e, muovendosi, sente oscillare la massa raffreddata del vino da cui è svanita la bruciante leggerezza dell'alcol.

Il giorno era ancora lontano, ma già una metà della notte, più chiara dell'altra, divideva il cielo. Un minuscolo animale, riccio o topo, grattò la terra trotterellando. Il primo soffio foriero dell'alba fece rotolare sul viale alcuni petali, li abbandonò, si dissolse, e tutto tornò immobile. L'orologio lontano batté come in sogno tre rintocchi distinti, il primo limpido e vicino, gli altri due smorzati da un refolo di vento. Due chiurli passarono sopra la testa di Philippe, abbastanza bassi perché egli avvertisse il fruscio di vela delle loro ali tese, e il verso lamentoso che fecero sul mare s'immerse, nella memoria aperta e indifesa dell'adolescente, sino al fondo di quindici anni puri, sospesi a una riva bionda e a una bambina che gli cresceva accanto, la testa bionda e dritta come una spiga.

Phil si alzò in piedi facendo uno sforzo fisico per riconoscersi, per costringere colui che si era riposato in quel luogo – vicino al cancello bianco, vicino al cane accucciato – a essere lo stesso che, la sera prima, si volgeva con timore verso Ker-Anna appoggiandosi al cancello bianco e accarezzando distrattamente il cane accucciato. Ma non ci riuscì.

Si passò sul viso le mani calde, che gli parvero più morbide del solito, impregnate di un profumo che svaniva quando voleva fissarlo alle narici, ma che vibrava tutt'intorno, come l'aroma di certe piante odorifere dalle fragili foglie. In quel-

l'istante, tra i listelli delle persiane nella camera di Vinca brillò un lume che poco dopo si spense.
« Non dorme. Ha guardato l'ora. Perché non dorme? » pensò Phil.
Attraverso i muri, lui sapeva come, tendendo il braccio, Vinca aveva acceso la lampada, guardato il piccolo orologio appeso al letto di ottone e poi, spegnendo la lampada, aveva ributtato sul cuscino la testa e i capelli che odoravano di bambina curata e di lavanda. Sapeva che, a causa della notte soffocante, una sua spalla abbronzata, attraversata da una striscia bianca là dove la spallina del costume la proteggeva dal sole, restava nuda, e la forma del lungo corpo vigoroso dell'amica – corpo famigliare, dotato ogni anno di nuove e previste bellezze – gli apparve per colmarlo di stupore.
Che cosa c'era di comune tra quel corpo, tra l'uso che l'amore poteva farne, tra i suoi scopi inevitabili, e il destino di un altro corpo di donna, votato a delicate violenze, dotato di un genio predatore, di un'implacabilità appassionata, di un'arte pedagogica ipocrita e incantatrice?
« Mai e poi mai! » esclamò Phil a voce alta.
Ancora ieri misurava con cuore paziente quanto tempo mancava perché Vinca gli appartenesse. Oggi, pallido per un ammaestramento che lasciava al suo corpo il tremito e la soavità della sconfitta, Philippe si ritraeva con tutto se stesso davanti a un'immagine priva di senso...
« Mai! ».
L'alba sopraggiungeva rapida, ma nessun soffio di vento scacciava la foschia salina che il rosso dell'aurora nascente conquistava per strati successivi. Philippe varcò la soglia della villa, salì

senza far rumore in camera sua, ancora immersa in un'oscurità soffocante, e aprì le persiane, impaziente di affrontare nello specchio la sua nuova faccia di uomo...
E in un viso affilato per la stanchezza vide gli occhi sfiniti, ingranditi dalle occhiaie, le labbra sulle quali, per aver toccato una bocca truccata, era rimasta una traccia di colore, i capelli neri in disordine sulla fronte: tratti dolenti, più che di uomo, di fanciulla oltraggiata.

Nel momento in cui Philippe si addormentò i cardellini reclamavano già il becchime che al mattino Vinca gettava loro a piene mani. Il sonno palpitante di Philippe risentì dei loro gridi leggeri, e il dormiveglia li tramutava in trucioli di metallo raschiati dal casco doloroso che gli stringeva la testa. Quando infine si svegliò, la giornata, troppo bella, risuonava di galline ovaiole, di api, del battito di una trebbiatrice; il mare, arruffato dal vento fresco di nord-est, si era fatto verde e Vinca, vestita di bianco, rideva sotto la finestra.
« Ma cos'avrà mai? Ehi, Phil, hai la malattia del sonno? ».
E le Ombre famigliari, ormai quasi invisibili come la vecchia macchia sul muro, come l'edera o il lichene, le Ombre disdegnate dai due adolescenti ripetevano attorno a lei:
« Cos'avrà mai? Avrà mangiato i papaveri! ».
Lui le guardava affacciato alla finestra, la bocca socchiusa, una sorta di ingenuo orrore dipinto sul viso e un pallore tale che la risata di Vinca si spense, spegnendo quelle degli altri.
« Oh...! Stai male? ».
Philippe si ritrasse bruscamente come se Vinca gli avesse lanciato un sasso.
« Male? Vedrai se sto male! Prima di tutto, che ora è? ».
In basso ripresero le risate.

« Le undici meno un quarto, marmotta che non sei altro! Vieni a fare il bagno! ».
Phil annuì, richiuse la finestra e i vetri velati di tulle lo respinsero verso l'abisso notturno dove si agitava il gorgo di un ricordo, nero, vischioso, adagiato tra sporgenze luminose che si innalzavano nella luce e vi prendevano il colore dell'oro, della carne, il bagliore di un occhio umido, di un anello, di un'unghia...
Buttò il pigiama, si infilò con impeto il costume da bagno e, invece di scendere mezzo nudo come tutti i giorni, annodò con cura il cordone dell'accappatoio.
Vinca lo stava aspettando sul prato in riva al mare e intanto si abbrustoliva tranquillamente al sole le lunghe gambe e le braccia sottili, che avevano il color bruno rossiccio del pane campagnolo. L'azzurro impareggiabile dei suoi occhi, sotto il fazzoletto azzurro stinto, riempì Philippe di una sete di acqua fresca, di un desiderio di onde salate e di brezza. E intanto contemplava la forza evidente di un corpo ogni giorno più femminile, i duri ginocchi finemente cesellati, i lunghi muscoli delle cosce e le reni fiere.
« Come è solida! » pensò con una sorta di timore.
Si tuffarono insieme, e mentre Vinca batteva allegramente con le gambe e le braccia le onde tranquille e sputava l'acqua cantando, Philippe, pallido, lottava per reprimere i brividi e nuotava a denti stretti. Quando i piedi nudi di Vinca strinsero uno dei suoi smise subito di nuotare, colò a picco e tornò a galla solo dopo alcuni secondi. Ma non pensò minimamente a vendicarsi e trascurò le abitudini quotidiane, le urla, le

schermaglie e i combattimenti da foche che facevano dell'ora del bagno la più bella della loro giornata.

Infine li accolse la sabbia calda, ed essi si strigliarono coscienziosamente. Vinca, armata di un sasso piatto, mirò un piccolo scoglio appuntito che distava una cinquantina di metri e lo colse in pieno. Philippe se ne meravigliò, incredulo, dimenticando di essere stato proprio lui ad allenarla a quei giochi da maschi. Si sentiva languido, distaccato, prossimo allo svenimento, e nessuna arroganza maschile, in lui, svelava che la notte prima aveva disertato la casa della sua infanzia per correre verso la sua prima avventura amorosa.

« Mezzogiorno! Phil, la senti la campana della chiesa? ».

Vinca, in piedi, scuoteva l'acqua dalle punte dei capelli. Si era appena incamminata verso la villa quando le accadde di calpestare un minuscolo gambero, che mandò un rumore di noce schiacciata. Philippe ebbe una contrazione di dolore.

« Be'? » disse Vinca.

« Hai schiacciato un gambero... ».

Lei si girò, mostrando in pieno sole le guance di pesca bruna, gli occhi di un azzurro assoluto, i denti bianchi e l'interno rosso della bocca.

« E allora? Non è certo il primo. E quando tu li tagli a pezzetti e li usi come esca? ».

Corse avanti e superò con un salto un avvallamento tra le dune. Per una frazione di secondo Phil la vide sospesa, staccata da terra, protesa in avanti, con i piedi uniti e le braccia ad arco come se volesse cogliere una bracciata d'aria.

« E io che la credevo mite » pensò.

Il pranzo impedì a Phil di tornare al suo ricordo notturno che, assopito in quell'ora del meriggio, si muoveva appena nel buio della sua tana. Sopportò qualche complimento sul suo poetico pallore e qualche critica sul suo silenzio e la sua mancanza di appetito. Vinca mangiava con avidità e sprigionava un'allegria offensiva. Phil l'osservava con una punta di malanimo, notando la forza delle sue mani che stritolavano l'aragosta e il gesto altero del collo con cui ributtava indietro i capelli.

« Dovrei essere contento » rifletteva. « Non sospetta niente ». Eppure soffriva di quella serenità inesorabile, e nel suo intimo avrebbe preteso di vedere Vinca tremare come una spiga affranta per un tradimento che avrebbe dovuto sentir vagare sopra di sé come uno di quei temporali esitanti che si aggirano d'estate sul golfo di Bretagna.

« Dice di amarmi. Mi ama. Eppure, *prima* era più inquieta... ».

Dopo pranzo, Vinca si mise a ballare con Lisette al suono del grammofono e volle che Philippe facesse altrettanto. Poi consultò il calendario delle maree, preparò le reti per la bassa marea delle quattro e avvolse Philippe e tutta quanta la villa nelle sue grida di liceale e nelle sue sonore ricerche dello spago catramato e del vecchio coltello a serramanico, lasciandosi dietro come una scia l'odore del suo maglione da pesca pieno di buchi che sapeva di iodio e di alghe marine. Philippe, stanco, invaso infine dal sonno che fa seguito alle grandi catastrofi o alle immense felicità, la seguiva con uno sguardo vendicativo e stringeva nervosamente i pugni.

« E pensare che con due parole la farei tacere!... » pensava. Ma sapeva che non le avrebbe pronunciate, e moriva dalla voglia di dormire in una buca scavata nella sabbia calda, con la testa sulle ginocchia di Vinca...

Lungo la costa trovarono un po' di gamberetti e qualche triglia che, per spaventare l'aggressore, gonfiava d'aria le pinne a ventaglio e la pancia arcobaleno. Ma Philippe seguiva svogliatamente quelle piccole prede degli scogli e del mare, perché mal sopportava il riflesso del sole nelle pozze d'acqua e scivolava come un novellino sulle chiome viscose delle zostere. Catturarono un'aragosta e Vinca frugò con accanimento il 'corridoio' dove abitava un grongo.

« Lo vedi che c'è! » esclamò mostrando la punta dell'uncino tinta di sangue rosa.

Phil impallidì e chiuse gli occhi.

« Lascia stare quella bestia » esclamò con voce soffocata.

« Figurati! Ti garantisco che lo prenderò... Ma che cos'hai? ».

« Niente ».

Phil nascondeva come poteva un dolore che non capiva. Che cos'aveva dunque conquistato la notte prima nell'ombra profumata, tra quelle braccia ansiose di renderlo uomo e vincitore? Il diritto di soffrire? Il diritto di svenire di debolezza davanti a una bambina innocente e dura? Il diritto di tremare inesplicabilmente davanti alla vita delicata degli animali e al sangue sfuggito alla sua fonte?...

Inspirò come se soffocasse, si portò le mani al viso e scoppiò in singhiozzi. Piangeva con tanta violenza che dovette mettersi a sedere. Vinca rimase in piedi, armata dell'uncino intriso di sangue, come un carnefice. Si chinò in avanti e non fece domande, ma ascoltò con orecchio di musicista l'accento, la modulazione nuova e intelligibile di quei singhiozzi. Poi tese una mano verso la fronte di Philippe, ma la ritirò prima di toccarla. Lo stupore le abbandonò il viso e al suo posto subentrarono un'espressione severa, una smorfia amara e triste che non aveva età, un disprezzo tutto virile per la debolezza sospetta del ragazzo che piangeva. Raccolse con cura il suo cesto di rafia in cui guizzavano i pesci, la sua rete, infilò nella cintura l'uncino di ferro come fosse una spada e si allontanò con passo fermo, senza voltarsi indietro.

Phil la rivide soltanto poco prima di cena. Aveva sostituito la tenuta da pesca con il vestito di crespo azzurro, bordato di rosa, fedele all'azzurro dei suoi occhi. Notò che aveva le calze bianche e le scarpe di camoscio, e quell'eleganza domenicale lo impensierì.

« C'è gente a cena? » domandò a una delle Ombre famigliari.

« Conta i coperti » rispose l'Ombra con un'alzata di spalle.

Agosto era alla fine e si mangiava già alla luce delle lampade, con le porte aperte sul tramonto verde in cui galleggiava ancora uno spicchio di rame rosato. Il mare deserto, di un blu-nero di rondine, dormiva e quando i commensali tacevano si sentiva lo sciacquio, stanco e regolare, delle maree delle quadrature. Philippe cercò tra le Ombre lo sguardo di Vinca, per saggiare la forza di quel filo invisibile che da tanti anni li legava l'uno all'altra e li preservava, puri ed esaltati, dalla malinconia che grava sulla fine di un pasto, sulla fine di una stagione, sulla fine di una giornata. Ma Vinca teneva gli occhi abbassati sul piatto e la luce che pioveva dal lampadario faceva splendere le palpebre convesse, le guance brune e paffute, il piccolo mento. Allora Phil si sentì abbandonato e cercò, oltre la penisola a forma di leone che, sormontata da tre stelle ammiccanti, si spingeva nel mare, il sentiero, bianco nella notte, che portava a Ker-Anna. Ancora qualche ora, ancora un po' di cenere azzurra in quel cielo che il tramonto tingeva d'aurora, ancora qualche frase di rito: « Già le dieci. Ragazzi, non vi pare che sia ora di andare a dormire? », « Non ho fatto niente di straordinario, signora Audebert, eppure mi sento stanca come se non mi fossi fermata un istante... ». Ancora un tintinnare di stoviglie, l'urto leggero e secco delle pedine sulla tavola nuda, ancora un gemito di protesta da parte di Lisette che, già quasi addormentata, si sarebbe rifiutata di coricarsi... Ancora un tentativo per riconquistare lo sguardo, il sorriso interiore, la fiducia di Vinca misteriosamente ferita, e sarebbe scoccata l'ora, la stessa che la notte prima aveva visto Philippe andarsene furtivamente... Philippe ci pensò senza un desiderio preciso, senza un piano e come costretto dall'umore di Vinca a battere in ritirata verso un altro rifugio, un'altra morbida spalla, verso un calore benefico, indifferibile per quel convalescente del piacere, ferito oltre tutto dall'ostilità appassionata di una adolescente...

L'uno dopo l'altro i riti si compirono; una domestica portò via Lisette piagnucolante e la signora Ferret mise sulla tavola scintillante il gioco del domino.

« Esci, Vinca? Sono seccanti tutte quelle falene che sbattono contro le lampade... ».

Lei lo seguì senza rispondere, e in riva al mare trovarono ancora il chiarore che il crepuscolo vi lasciava indugiare a lungo.

« Non vuoi che vada a prenderti la sciarpa? ».

« No, grazie ».

Camminarono insieme, immersi in una nebbiolina azzurra che salendo dal prato in riva al mare odorava di serpillo. Philippe si trattenne dal prendere il braccio di Vinca e la propria discrezione lo atterrì.

« Mio Dio, che cosa ci divide? Non ci ritroviamo più? » pensava. « Poiché lei non sa che cosa è accaduto *laggiù*, forse basterebbe che io me ne dimenticassi e torneremmo a essere felici come prima, infelici come prima, uniti come prima? ».

Ma nessuna certezza ipnotica accompagnava il suo desiderio, perché Vinca camminava accanto a lui fredda e quieta come se il suo grande amore l'avesse abbandonata ed essa non avvertisse l'angoscia del compagno. E Philippe sentiva anche avvicinarsi *l'ora*, e provava una trepidazione simile alla febbre che aveva avuto il giorno dopo esser stato punto da un dragone, quando nel braccio bendato sentiva il bruciore risvegliato dalla marea montante...

Si fermò, asciugandosi la fronte.

« Mi manca il respiro. Vinca, non mi sento bene ».

« No, non stai bene » gli fece eco la voce di Vinca.

Philippe credette a una tregua e la sua voce e i suoi gesti si fecero più sollcciti.

« Tesoro, sei gentile... ».

« No, » lo interruppe la voce « non sono gentile ».

Quella frase infantile fece nascere un po' di speranza in Philippe, che afferrò il braccio nudo di Vinca.

« Lo so che ce l'hai con me perché oggi mi sono messo a piangere come una donna... ».
« No, non come una donna... ».
Philippe arrossì nell'oscurità e tentò di spiegare:
« Capisci, quel grongo che tormentavi nella sua tana... Il sangue di quella bestia sul tuo uncino... Tutt'a un tratto mi è venuta la nausea... ».
« Ah, sì, la nausea... ».
C'era tanta intelligenza nel suono di quella voce che Philippe trattenne il respiro, spaventato. « Sa tutto » pensò. Attese di essere annientato dalle parole di lei, attese un'esplosione di lacrime, di recriminazioni, ma Vinca restò muta e dopo una lunga pausa, come dopo la tregua che segue il fulmine, egli azzardò timidamente una domanda:
« Ed è bastato quel momento di debolezza perché tu abbia l'aria di non amarmi più? ».
Vinca girò verso di lui la macchia nebulosa e chiara del suo viso, stretto fra le due siepi squadrate dei capelli.
« Oh, Phil, io ti amo sempre. Purtroppo, questo non cambia niente ».
Phil sentì il cuore in tumulto battergli in gola.
« Davvero? Allora mi perdoni di essere stato così ridicolo, di aver fatto quella figura da donnicciola? ».
Vinca esitò solo un secondo.
« Certo. Ti perdono, Phil. Ma anche questo non cambia niente ».
« Non cambia cosa? ».
« Noi due, Phil ».
Parlava con una dolcezza sibillina che Philippe non osò sondare ulteriormente e di cui non osò rallegrarsi. Forse Vinca lo seguì in questo

suo arretramento mentale perché aggiunse acutamente:
« Ti ricordi le scene che mi facevi e quelle che io facevo a te meno di tre settimane fa, perché ci irritava il pensiero di dover far passare quattro o cinque anni prima di sposarci?... Sai, Phil, oggi penso proprio che vorrei tornare indietro ed essere di nuovo bambina... ».
Phil attese che Vinca sottolineasse, commentasse quell'abile, insidioso « oggi » sospeso davanti a lui nell'aria pura e turchina della notte d'agosto. Ma Vinca sapeva già armarsi di silenzio. Phil insistette:
« Allora non ce l'hai più con me? Domani torneremo a... a essere Vinca-e-Phil, come sempre? Per sempre? ».
« Per sempre, se tu lo vuoi, Phil... Vieni. Torniamo in casa. Fa fresco ».
Vinca non aveva ripetuto « come sempre », ma Phil si accontentò di quel giuramento incompleto e della manina fredda che per un attimo aveva stretto nella sua. Perché in quel momento il rumore della catena del pozzo che si srotolava, i rintocchi metallici del secchio vuoto sulla vera, il cigolio delle tende che scorrevano dietro una finestra aperta, gli ultimi rumori umani della giornata fecero scoccare per Philippe l'ora, la stessa ora che la notte prima egli aveva atteso con ansia per riaprire la porta della villa e segretamente precipitarsi fuori... Ah, la rossa luce smorzata di una camera sconosciuta... Ah, la buia felicità, la morte raggiunta grado a grado, la vita ritrovata a lenti colpi d'ala...
Come se, fin dalla sera prima, avesse atteso da

Vinca una sorta di assoluzione, l'assoluzione ambigua ch'essa gli aveva appena accordato con tanta sincerità d'accenti e tanta reticenza di parole, tutt'a un tratto Philippe valutò da uomo il dono che un demonio femmina, bellissimo e autoritario, gli aveva fatto.

« Avete fissato la data della partenza per Parigi? » domandò la signora Dalleray.
« Si rientra sempre il 25 settembre » rispose Philippe. « Qualche volta il 23 o il 24, oppure il 26, dipende da come cadono le domeniche, ma la data non varia mai di più d'un paio di giorni ».
« Capisco... Insomma, partirai fra una quindicina di giorni. Fra una quindicina di giorni, a questa stessa ora... ».
Philippe staccò lo sguardo dal mare, piatto e bianco in prossimità della sabbia, color dorso di tonno in lontananza sotto le nubi basse, e si girò stupito verso la signora Dalleray. Avvolta in una stoffa ampia e bianca come l'abito delle donne di Tahiti, essa fumava con aria grave, i capelli tirati e il viso velato da una cipria dello stesso colore della pelle. Niente in lei rivelava che quel giovane seduto non lontano, bello e abbronzato come lei, fosse qualcosa di diverso da un fratello minore.
« Dunque, fra quindici giorni, a questa stessa ora, sarai... dove sarai? ».
« Sarò... al Bois, sul lago. Oppure al tennis di Boulogne, con... con degli amici ».
Arrossì perché a stento era riuscito a trattenere il nome di Vinca, e la signora Dalleray sorrise di quel sorriso virile che le dava spesso l'aria di un bel ragazzo. Philippe si girò verso il mare, per nascondere almeno il viso dal quale traspa-

riva un malumore di giovane dio contrariato. Una mano ferma e vellutata si posò sulla sua. Allora, senza che il suo sguardo abbandonasse il mare offuscato, un'espressione di beata agonia gli salì dalla bocca socchiusa agli occhi, il cui fulgore bianco e nero si spense fra le palpebre...

« Non devi essere triste... » disse dolcemente la signora Dalleray.

« Io non sono triste » protestò vivamente Philippe. « Tu non puoi capire... ».

Lei chinò la testa di capelli lustri.

« È giusto. Io non posso capire. Non tutto ».

« Oh... ».

Philippe contemplò, con religiosa diffidenza, la donna che l'aveva liberato da un temibile segreto. Chissà se quelle piccole orecchie arrossate risuonavano ancora di un grido basso, soffocato come il grido di qualcuno a cui stanno tagliando la gola?... Quelle braccia, ricche di muscoli appena visibili, l'avevano trasportato, leggero, esanime, da questo mondo in un altro mondo; quella bocca, avara di parole, si era chinata per trasmettere alla sua un'unica parola onnipotente e per mormorare un canto indistinto che proveniva, come una flebile eco, dalle profondità in cui la vita non è altro che una spaventevole convulsione... Lei sapeva tutto...

« Non tutto » ripeté la donna, come se il silenzio di Philippe esigesse una risposta. « Ma a te non piace che io faccia domande. E qualche volta io sono un po' indiscreta... ».

« Sì, indiscreta come il lampo » pensò Philippe. « Il serpeggiare di un fulmine, e si è costretti a rivelarle ciò che anche la luce piena del giorno lascia nell'ombra... ».

« Io volevo solo sapere se saresti stato contento di lasciarmi ».
Il giovane abbassò gli occhi sui propri piedi nudi. Un'ampia veste di seta ricamata lo mascherava da principe orientale, e lo imbelliva.
« E tu? » domandò goffamente.
La cenere della sigaretta che la signora Dalleray stringeva tra le dita cadde sul tappeto.
« Stiamo parlando di Philippe Audebert, non di Camille Dalleray ».
Philippe alzò gli occhi su di lei con lo stupore che ancora una volta gli provocava quel nome asessuato, Camille. « Camille... Già, si chiama Camille. Potrebbe benissimo fare a meno del nome. Dentro di me io la chiamo signora Dalleray, oppure la signora in bianco, oppure lei... ».
La donna fumava lentamente e contemplava il mare. Giovane? Giovane, certamente, fra i trenta e i trentadue anni. Impenetrabile come lo sono le persone calme, la cui massima espressività non si spinge oltre l'ironia temperata, il sorriso e la severità. Senza distogliere lo sguardo dalla distesa del mare, su cui covava il temporale, essa posò nuovamente la mano su quella di Philippe e, indifferente a lui, gliela strinse per il proprio esclusivo, egoistico piacere. Sotto la pressione di quella mano piccola e potente Philippe parlò, costretto a versare la propria confessione come un frutto spremuto il proprio succo.
« Sì, sarò triste. Ma non infelice, spero ».
« Davvero? E perché lo speri? ».
Phil le sorrise debolmente, fu toccante, impacciato, come a lei segretamente piaceva che fosse.
« Perché penso » rispose « che tu escogiterai qualcosa... Escogiterai qualcosa, vero? ».

Lei si strinse nelle spalle, inarcando le sopracciglia persiane. Dovette sforzarsi un po' per dare al proprio sorriso la serenità e la noncuranza abituali.
« Qualcosa... » ripeté. « Cioè, se ho ben capito, invitarti a casa mia, come faccio qui, se ne avrò ancora voglia. E tu dovrai solo preoccuparti di venire da me negli orari che i tuoi obblighi scolastici e... famigliari ti imporranno? ».
Philippe si mostrò sorpreso dal tono della signora Dalleray, ma sostenne ugualmente il suo sguardo.
« Sì, » rispose « che altro potrei fare? Me lo rimproveri? Io non sono un vagabondo senza fissa dimora. E ho solo sedici anni e mezzo ».
Lei arrossì lentamente.
« Non ti rimprovero niente. Ma non pensi che una donna, una donna diversa da me naturalmente, potrebbe rimanere molto male comprendendo che da lei tu desideri soltanto un'ora di solitudine – soltanto questo? ».
Phil l'ascoltava con la diligente attenzione di uno scolaro, senza staccare gli occhi spalancati da quella bocca reticente, da quegli occhi gelosi, che tuttavia non reclamavano nulla.
« No » rispose senza esitare. « Non immagino neppure che tu possa rimanerne ferita. Soltanto questo, dici? *Soltanto?* ».
Tacque, interrotto nuovamente dallo stesso pallore, dalla stessa beata costernazione, e l'audacia tranquilla di Camille Dalleray vacillò mentre essa misurava il rispetto che doveva alla propria opera. Philippe chinò la testa come abbagliato, e davanti a quel gesto di sottomissione lei si inebriò per un attimo della propria conquista.

« Mi ami? » chiese a bassa voce.
Lui trasalì e la guardò, spaventato.
« Perché... perché me lo chiedi? ».
Lei riacquistò la sua imperturbabilità, il suo sorriso dubbioso.
« Così, per gioco, Philippe... ».
Ma Phil non smise subito di interrogarla con gli occhi, biasimandola per aver detto parole così temerarie.
« Un uomo fatto mi avrebbe risposto di sì » pensava Camille Dalleray. « Ma se insisto questo ragazzino scoppierà a piangere e tra le lacrime griderà baciandomi che non mi ama. Se insisto sarò costretta a mandarlo via, oppure a prestargli ascolto tremando, e a conoscere così dalla sua bocca il limite preciso del vantaggio che ho su di lui ».
Avvertì una piccola contrazione dolorosa all'altezza del cuore e con noncuranza si alzò per andare ad affacciarsi alla finestra aperta, come se avesse dimenticato la presenza di Phil. L'odore delle piccole cozze blu, che da quattro ore si trovavano all'asciutto alla base delle rocce ed erano assetate di acqua di mare, entrava nella stanza assieme al forte profumo di sambuco bollito sprigionato dai ligustri ormai in procinto di sfiorire.
Appoggiata sui gomiti, apparentemente distratta, la signora Dalleray avvertiva dietro di sé la presenza del giovane sdraiato e sentiva il peso di una speranza che non voleva abbandonarla.
« Mi aspetta. Calcola il piacere che può sperare di ricevere da me. Ciò che io ho ottenuto da lui era alla portata della prima donna che passasse per la strada. Ma questo borghesuccio timorato prende un'aria sdegnosa quando gli chiedo della

sua famiglia, fa delle storie pur di non parlarmi della scuola e al nome di Vinca si trincera dietro un muro di silenzio e di pudore... Da me ha imparato solo le cose più facili... le più facili. Assieme ai vestiti ogni volta porta qui, si toglie e poi si rimette questo... questo... ».
Si accorse di aver esitato davanti alla parola « amore » e si allontanò dalla finestra. Con avidità Philippe la guardava avvicinarsi. Lei gli cinse le spalle e con una mossa un po' brutale arrovesciò sul proprio braccio nudo la testa bruna del ragazzo. Poi, reggendolo così, si affrettò verso il regno angusto e buio dove il suo orgoglio poteva credere che il gemito sia una confessione di smarrimento, e dove le postulanti come lei si abbeverano all'illusione della propria liberalità.

Per alcune ore della notte una pioggia sottile aveva spruzzato la salvia, lustrato i ligustri e le foglie immobili della magnolia e cosparso di perle, senza forarla, la protezione di organza che, in un pino, avvolgeva un nido di processionarie. Il vento lasciava riposare il mare, ma cantava sotto le porte con una voce flebile e tentatrice, carica dei ricordi dell'anno passato, che parlava in segreto di castagne arrostite e di mele mature... Istigato da quella voce, sotto la giacca di tela Philippe indossò, alzandosi, un maglione blu e fece colazione per ultimo, come gli capitava spesso da quando il sonno, meno puro e tranquillo, lo coglieva a notte più inoltrata. Poi corse in cerca di Vinca, come se cercasse, oltre l'ombra di un muro, una terrazza piena di luce. Ma non la trovò né in sala, dove l'umidità rinvigoriva il profumo di legno lucidato e di canapa, né sulla terrazza. Un vapore di pioggia impalpabile incensava l'aria e aderiva alla pelle senza bagnarla. Una foglia gialla, staccatasi da un tremolo, gli dondolò davanti per un momento con grazia intenzionale, poi s'inclinò di lato e cadde bruscamente, gravata all'improvviso da un peso invisibile. Phil tese l'orecchio e udì in cucina il rumore invernale del carbone versato nella stufa. In una stanza la piccola Lisette protestò con voce stridula e poi ruppe in un breve pianto.

« Lisette! » chiamò. « Lisette, dov'è tua sorella? ».
« Non lo so » gemette una vocina costipata dalle lacrime.
Un'improvvisa folata di vento colse una tegola di ardesia dal tetto e la scaraventò in frantumi ai piedi di Philippe, che la guardò con stupore come se il destino avesse rotto davanti a lui lo specchio che promette sette anni di guai... Si sentì bambino, e lontanissimo dalla felicità. Non ebbe nessuna voglia di rivolgersi alla donna che laggiù, nella villa ombreggiata dai pini sull'altro versante del promontorio a forma di leone, avrebbe tuttavia amato vederlo cercare con animo vile il sostegno di una qualche indomabile energia femminile... Fece il giro della casa, ma non scoprì né la testa bionda di Vinca, né il suo vestito azzurro come l'azzurro dei cardi, né quello bianco di spugna, di un bianco di fungo appena spuntato. Le due lunghe gambe abbronzate con le ginocchia scarne e sottili non si affrettarono a venirgli incontro, e neppure i due occhi azzurri, ricchi di due o tre toni di azzurro e di un tocco di viola, fiorirono da qualche parte per dissetare i suoi...
« Vinca, dove sei? ».
« Sono qui » rispose una voce calma, vicinissima a lui.
« Nella rimessa? ».
« Nella rimessa ».
Accovacciata nella luce fredda dei ripostigli senza finestre che prendono luce solo dalla porta, Vinca armeggiava tra stoffe sparse su un lenzuolo smesso.
« Cosa stai facendo? ».

« Lo vedi, no? Metto ordine, elimino della roba. Fra poco si parte, bisogna farlo... me l'ha detto la mamma... ».
Guardò Philippe e si riposò incrociando le braccia sulle ginocchia flesse. Lui la vide come una mendicante, povera e paziente, e si infastidì.
« Non mi sembra poi così urgente! E perché devi farlo proprio tu? ».
« E chi altri, sennò? Se ci si mette la mamma, le tornano i reumatismi ».
« Può farlo la cameriera... ».
Vinca si strinse nelle spalle e riprese il suo ingrato lavoro, parlottando fra sé come fanno le operaie vere con il loro umile, musicale brusio di api indaffarate:
« Questi sono i costumi di Lisette... il costume verde... quello blu... quello a righe... meglio buttarli, non meritano altro. Questo è il mio vestito col bordo rosa ricamato... forse vale la pena di mandarlo un'altra volta in tintoria... Le mie scarpe di corda, uno, due, tre paia... Quelle lì sono di Phil... e anche quelle... Due vecchie camicie traforate di Phil... Il giro manica è scucito, ma il davanti è buono... ».
Tese davanti a sé il tessuto, scoprì due strappi e arricciò il naso. Philippe la contemplava senza gratitudine e soffriva provando un senso di ostilità. Soffriva per l'ora mattutina, soffriva per la luce grigia sotto il tetto di tegole, soffriva per l'umiltà di quel lavoro. Un paragone, non ispirato dalle ore di amore segreto laggiù a Ker-Anna, gli si affacciò allora alla mente, un paragone che non toccava ancora la persona di Vinca, Vinca religione di tutta l'infanzia, Vinca ri-

spettosamente abbandonata per l'ebbrezza drammatica e necessaria di una prima avventura.
Un paragone cominciò a farsi luce in mezzo a quegli stracci sparsi su un lenzuolo rammendato, fra quei muri di mattoni grezzi, davanti a quella bambina in grembiule viola scolorito sulle spalle. Vinca, in ginocchio, interruppe il lavoro per ributtare indietro i capelli tagliati con cura che il bagno quotidiano e l'aria salata mantenevano umidi e morbidi. Meno allegra da una quindicina di giorni in qua, mostrava una maggiore calma e un'ostinata uniformità di umore che allarmava Philippe. Davvero quella piccola massaia pettinata come Giovanna d'Arco aveva voluto morire con lui piuttosto che aspettare il tempo di essere libera di amare? Con la fronte aggrottata, Philippe ne misurava il cambiamento, ma quasi non pensava a Vinca mentre la contemplava. Quando lei era presente, il pericolo di perderla veniva a cessare e l'urgenza di ritrovarla non lo tormentava più. Eppure, proprio a causa sua, un paragone cominciava a farsi strada. Alla minima sollecitazione s'infiammavano in lui la sua nuova facoltà di sentire e di soffrire inopinatamente, nonché l'intolleranza di cui quella bella avventuriera l'aveva recentemente dotato, come pure quella leale ingiustizia, quell'inizio di elevazione che consiste nel rimproverare al mediocre la sua mediocrità e la sua filosofia. Egli scopriva non solo il mondo delle emozioni che vengono, con leggerezza, chiamate fisiche, ma anche la necessità di abbellire, materialmente, un altare sul quale trema una perfezione insufficiente. Sperimentava una fame crescente per ciò che appaga la mano, l'orecchio

e l'occhio: i velluti, la studiata musicalità di una voce, i profumi. E non se lo rimproverava, poiché al contatto di un superfluo che lo inebriava si sentiva migliore, e una certa veste di seta orientale, indossata nell'ombra e nel segreto di Ker-Anna, nobilitava la sua anima.
Goffamente, ubbidì a un disegno impreciso e generoso. Trascurando di rivelare a se stesso quanto avrebbe desiderato vedere Vinca al di sopra di ogni paragone, vestita con eleganza, cosparsa di profumi, si limitò a discernere il dispiacere che provava nel vederla prosternata e ingenuamente imbruttita. Si lasciò sfuggire qualche parola dura, alla quale Vinca non rispose. Allora s'inasprì, ed essa gli replicò quel tanto che bastò a renderlo offensivo e a farlo poi vergognare della propria violenza. Gli ci vollero un po' di tempo e un certo sforzo per ricomporsi e per scusarsi con una sorta di contrizione banale di cui si compiacque. Intanto Vinca legava con mano paziente i sandali a due a due e rivoltava le tasche dei golf usati, piene di conchiglie rosee e di cavallucci marini essiccati...
« E poi è colpa tua » concluse Philippe. « Tu non rispondi, e allora io vado in bestia, vado in bestia... Tu ti lasci maltrattare. Perché? ».
Lei lo avvolse in uno sguardo di donna sagace, maturata fra i calcoli e le concessioni del grande amore.
« Mentre mi tormenti, » disse « almeno sei qui con me... ».

« Per noi finisce qui, quest'anno » pensava cupamente Philippe guardando il mare. « Vinca e io, un essere duplice quanto basta per essere due volte più felice di un essere unico, un essere che una volta era Phil-e-Vinca morirà qui, quest'anno. Non è terribile? Potrei impedirlo, eppure non muovo un dito... E forse stasera, dopo le dieci, andrò dalla signora Dalleray ancora una volta, l'ultima delle vacanze... ».
Chinò il capo e i capelli neri gli penzolarono davanti, come se piangessero.
« Se dovessi andarci adesso, a quest'ora, dalla signora Dalleray, direi di no. Perché? ».
Bianca sotto un sole smorto costretto fra due nubi temporalesche, la strada che portava a Ker-Anna saliva rasente il fianco della collina, poi nascondeva la sua meta al di là di un boschetto di ginepri scheletriti, grigi di polvere. Philippe distolse gli occhi, colto da una ripugnanza che non lo ingannò. « Sì... ma stasera... ».
Dopo tre spuntini pomeridiani a Ker-Anna, aveva rinunciato a quelle visite diurne, temendo la preoccupazione dei suoi e i sospetti di Vinca. D'altronde la sua estrema giovinezza si stancava presto di inventare alibi. E poi Phil non si fidava del forte profumo di resina che impregnava Ker-Anna e il corpo, nudo o velato, della donna che lui nominava in un sussurro, ora con l'orgoglio di un ragazzetto libertino ora con il rimorso ma-

linconico di uno sposo che ha ingannato la sposa amata, amante e talvolta « padrona »...
« Che mi scoprano o no, dobbiamo finirla qui. Ma perché? ».
Nessun libro tra quanti leggeva liberamente coi gomiti puntati nella sabbia o appartato, per pudore più che per paura, in camera sua, gli aveva insegnato che in un naufragio tanto comune qualcuno doveva pur soccombere. I romanzi riempiono cento e più pagine della preparazione all'amore fisico, ma l'evento stesso non occupa che una quindicina di righe, e Philippe cercava invano nella memoria un libro nel quale fosse scritto che non basta una caduta a liberare un giovane dall'infanzia e dalla castità, ma che, dopo, egli rimarrà barcollante ancora a lungo, scosso da oscillazioni profonde, quasi sismiche.
Philippe si alzò e si mise a camminare sul prato in riva al mare, roso e disfatto al margine dalle maree equinoziali. Un cespuglio di ginestre di nuovo in fiore pendeva verso la spiaggia, trattenuto e nutrito da un'esigua chioma di radici. « Quand'ero piccolo, » si disse « quel cespuglio di ginestre non pendeva verso la spiaggia. Mentre io crescevo il mare ha mangiato tutto questo pezzo, almeno un metro... E Vinca è sicura che sia stato il cespuglio ad avanzare... ».
Non lontano dal cespuglio di ginestre c'era la valletta circolare tappezzata di cardi che a causa del loro colore veniva chiamata « gli occhi di Vinca ». Là un giorno Phil aveva colto di nascosto un fascio di cardi in fiore, spinoso omaggio gettato oltre il muro di Ker-Anna... Oggi i fiori seccati sulle sponde della valletta sembravano bruciati... Philippe vi si soffermò un momen-

to, troppo giovane per sorridere del significato misterioso che l'amore attribuisce al fiore appassito, all'uccello ferito, all'anello infranto, e scosse via da sé il proprio malessere, allargò le spalle, ributtò indietro i capelli con il gesto tradizionale della fierezza, rivolgendosi mentalmente dei rimproveri che avrebbero ben figurato in un romanzo d'avventure per comunicandi.

« Finiamola con i piagnistei! Quest'anno posso a buon diritto affermare di essere un uomo. E il mio avvenire... ».

Philippe si sentì pensare e arrossì. Il suo avvenire? Solo un mese prima ci pensava ancora. Un mese prima vedeva questo avvenire ornato di particolari precisi e puerili su uno sfondo vago, un avvenire con la sua anticamera di esami, di maturità ripetute e di lavori ingrati accettati senza eccessiva amarezza perché « così doveva essere » – l'avvenire e Vinca, quello arricchito da questa, l'avvenire maledetto o benedetto nel nome di Vinca.

« All'inizio delle vacanze avevo una gran fretta » pensò. « E adesso... ». Ebbe un sorriso, uno sguardo da uomo infelice. L'ombra sopra il labbro gli diventava ogni giorno più scura e la crescita dei primi peli, una lanugine sottile che assomigliava ai baffi di un uomo adulto quanto l'erba dei boschi assomiglia alla dura erba dei campi, gli inturgidiva un po' la bocca che appariva febbricitante come la bocca di un bimbo malato. Era a quella bocca che tornava sempre ad appuntarsi, impenetrabile, quasi vendicativo, lo sguardo della signora Dalleray.

« Il mio avvenire, il mio avvenire... È semplicissimo. Se non farò legge, il mio avvenire sarà il negozio di papà, ghiacciaie per alberghi e per castelli, fari, ricambi e aggeggi vari per l'automobile. La maturità e subito dopo il negozio, i clienti, la corrispondenza... Papà non riesce neanche a ricavarne tanto da avere una macchina sua. Ah, dimenticavo il servizio militare... Che testa! Allora, dopo il diploma... ».

I suoi sforzi si infransero miseramente contro una noia senza limiti, un'indifferenza profonda verso tutto ciò che si celava in un futuro pur senza segreti. « Se farai il servizio militare nei dintorni di Parigi, io intanto... ». Nella memoria di Philippe la piccola voce amorosa di Vinca mormorava cento progetti che datavano da quell'estate stessa ma che ora non avevano già più spessore né risalto, come ritagliati in un foglio di carta senza colore. La zona variopinta delle sue speranze non andava oltre la fine della giornata, l'ora di cena, l'ora della partita a scacchi con Vinca o Lisette, meglio se con Lisette, i cui otto anni aggressivi, l'occhio acuto, la precocità calcolatrice alleviavano Philippe del suo fardello sentimentale – e finalmente l'ora di andare a offrirsi al piacere... « Anche se non è ancora detto che ci vada » pensava. « No. Dato che non ho perduto il senno, né sto contando i minuti, né mi volto verso Ker-Anna come un girasole verso la luce, posso rivendicare il diritto di essere me stesso e di continuare a prender gusto a tutto ciò che mi piaceva *prima*... ».

Non si accorgeva che, servendosi di quella parola, la piantava, rigida, tra due epoche della propria esistenza. Non sapeva ancora per quanto tempo gli avvenimenti della sua vita avrebbero urtato contro quella pietra miliare, punto di riferimento miracoloso e banale: « Ah, sì, è stato *prima*... No, ricordo che è stato qualche tempo *dopo*... ».

Pensò con disprezzo e insieme con invidia ad alcuni compagni di liceo, tremanti per l'attesa sulla soglia ignobile che varcavano fischiettando, bugiardi, spacconi e illividiti dal disgusto. E poi non ci pensavano più, e poi ci ritornavano, il tutto senza interrompere lo studio, gli svaghi, i sigari clandestini e le discussioni di politica o di sport. « E invece io... Ne ha forse colpa Lei se io non desidero niente, nemmeno lei?... ».

Una cappa di foschia, venuta dal largo, approdava sulla costa. Prima era soltanto una leggera cortina sfilacciata sopra il mare, errabonda e capace appena di nascondere un isolotto roccioso. Una corrente d'aria impetuosa l'aveva afferrata, rimescolata, e con velocità vertiginosa la stava depositando, densa e opaca, sulla baia. In un momento Philippe, sommerso dalla foschia, vide scomparire il mare, la spiaggia, la casa, e si mise a tossire in un bagno di vapore. Abituato ai prodigi del clima marino, attese che un'altra corrente d'aria dissipasse la prima e si adattò a quella sorta di limbo, a quella cecità simbolica in fondo ai quali brillavano un viso calmo che sbucava dai capelli con una purezza lunare, e due mani oziose che quasi non facevano un gesto. « Lei se ne sta immobile... ma che almeno restituisca a me lo scorrere del tempo, la fretta, l'impazienza, la curiosità... Non è giusto... Non è giusto... Mi fa rabbia... ».

Si esercitava alla rivolta e all'ingratitudine. Un ragazzo di sedici anni e mezzo non sa che, sul cammino di coloro che l'amore meditava di tra-

sformare in amanti troppo frettolosi di vivere, troppo impazienti di morire, un ordine imperscrutabile mette una bella missionaria carica di un peso carnale che fa fermare il tempo, che addormenta e appaga lo spirito e che consiglia al corpo di maturare nella sua ombra.
All'improvviso la cappa di foschia si ritirò, aspirata in aria come un lenzuolo che viene tolto da un prato, lasciando su ogni lama d'erba un'effimera frangia d'acqua, sulle foglie vellutate una rugiada di perle e su quelle glabre una lucida patina d'umidità.
Il sole settembrino riversò una luce gialla, limpida e rinvigorita, sul mare che, blu in lontananza, volgeva al verde sul fondale sabbioso della riva.
Passata la foschia Philippe respirò con il piacere di emergere, bagnato d'acqua e di luce, da un corridoio soffocante. Si girò verso terra per vedere tra le fenditure delle rocce le cascate d'oro delle ginestre nuovamente in fiore, e trasalì nel trovare dietro di sé, come uno spirito portato e poi dimenticato dalla nebbia, un bimbo silenzioso.
« Che cosa vuoi, piccolo? Non sei il figlio della donna di Cancale che ci vende il pesce? ».
« Sì » rispose il bimbo.
« Non c'è nessuno in cucina? Stai cercando qualcuno? ».
Il ragazzino scosse la polvere dai capelli rossi.
« È la signora che mi ha detto... ».
« Quale signora? ».
« Mi ha detto: "Di' al signor Phil che sono partita" ».
« Quale signora? ».

« Non so. Mi ha detto: "Di' al signor Phil che sono costretta a partire oggi" ».
« Dov'era quando te l'ha detto? Per strada? ».
« Sì... in macchina ».
« In macchina... ».
Philippe chiuse un attimo gli occhi e si passò la mano sulla fronte fischiettando ostentatamente: « Fiuuu... In macchina... Perfetto... Fiuuu ». Riaprì gli occhi, cercò il messaggero, ma non lo trovò più al suo posto e credette di aver fatto uno di quei brevi sogni, realisticamente abbozzati e brutalmente cancellati, che nascono durante la siesta. Ma su un sentiero della scogliera scorse il malefico ragazzino che allontanandosi mostrava il suo caschetto di capelli stopposi e una pezza azzurrognola ai pantaloni.
Philippe prese un'aria di sciocca sufficienza, come se il ragazzino di Cancale potesse ancora vederlo.
« Be', non cambia molto, che se ne sia andata. Giorno più, giorno meno... dal momento che doveva partire! ».
Ma all'altezza dello stomaco gli nasceva un malessere strano, quasi esclusivamente fisico. Lo lasciò crescere dentro di sé, chinando il capo con intelligenza, come se avesse ascoltato un consiglio misterioso.
« Forse, con la bicicletta... E se non è sola? Non ho pensato di chiedere a quel bambino se era sola... ».
Sulla litoranea un'automobile lontana suonò il clacson. Il suono grave e prolungato fece cessare per un attimo il dolore che, un attimo dopo, attanagliò Philippe come il crampo provocato da un colpo basso.

« Almeno non ho più bisogno di domandarmi se stasera andrò da lei... ».
S'immaginò all'improvviso Ker-Anna chiusa sotto la luna, le persiane grigie, il cancello nero, i gerani prigionieri, e rabbrividì. Si sdraiò in un avvallamento del prato secco, raggomitolandosi come i cani da caccia giovani che hanno « la malattia », e cominciò a grattare l'erba sabbiosa con un movimento regolare di entrambi i piedi. Chiuse gli occhi perché le grandi nuvole in corsa, il loro biancore denso e rigonfio gli davano una leggera nausea. Grattava il prato ritmicamente, canterellando a tempo, come la donna che sta soffrendo per mettere al mondo il frutto del proprio ventre, e ninnandolo geme di un gemito che si fa via via più forte fino a trasformarsi nel grido supremo.
Aprì gli occhi, si meravigliò e tornò in sé.
« Ma... cosa mi prende? Sapevo benissimo che doveva partire prima di noi. Ho il suo indirizzo di Parigi, il suo numero di telefono... e poi che mi importa se parte? È la mia amante, non la donna che amo... senza di lei posso vivere ».
Si mise seduto e sgranò dai lunghi steli d'erba le filze di chiocciole di cui sono ghiotte le mucche. Cercò di ridere con qualche battuta grossolana.
« Se ne va, d'accordo. E forse è anche in dolce compagnia... Non si è presa la briga di raccontarmi le sue scappatelle... Sola o in compagnia, se ne va. E io, cosa perdo? Una notte, la prossima. Una notte soltanto, prima di partire anch'io. Una notte che poco fa non ero neanche sicuro di desiderare. Pensavo soltanto a Vinca... E va bene, vuol dire che faremo a meno di una notte piacevole... ».

Ma nella sua mente passò una specie di ventata che spazzò via la volgarità, la falsa sicurezza, l'intimo sogghigno e lasciò solo una superficie mentale nuda, raggelata, la netta consapevolezza di ciò che rappresentava la partenza di Camille Dalleray.

« Se n'è andata... se n'è andata... è irraggiungibile, la donna che mi ha regalato... che mi ha regalato... come posso definire ciò che mi ha regalato? Non esiste una parola. Mi ha fatto un regalo, e basta. Da quando ho smesso di credere a Babbo Natale, lei sola mi ha fatto un vero regalo. Lei sola poteva riprendersi ciò che mi aveva regalato, e se lo è ripreso... ».

Il rossore salì al viso abbronzato di Philippe, lacrime pungenti gli inumidirono gli occhi. Si aprì la camicia sul petto, si arruffò i capelli con tutte e dieci le dita fino a sembrare un ossesso reduce da una rissa, e ansimando gridò con rauca voce infantile: « È proprio questa notte che volevo! ».

Protese il viso, il petto premuto contro i pugni chiusi e lo sguardo verso Ker-Anna invisibile: una massa di nuvole nere, che occupavano la parte meridionale del cielo, gravava infatti sulla sommità della collina abbandonata; e Philippe accettò che una malignità onnipotente cancellasse persino l'angolo di mondo in cui aveva conosciuto Camille Dalleray.

Qualche metro più in basso qualcuno tossì sul precario sentiero di sabbia le cui pietre piatte e i cui tondelli di legno, venti volte l'anno fissati a formare una rustica scalinata, altrettante volte rotolavano giù sulla spiaggia. Philippe vide spuntare dal prato e salire lentamente una testa brizzolata; con la virtuosistica capacità di fingere che hanno tutti i ragazzi si ricompose, inghiottì la sua rabbia di uomo tradito e attese con calma e in silenzio l'arrivo del padre.

« Ah, sei qui, Phil? ».

« Sì, papà ».

« Sei solo? E Vinca? ».

« Non so, papà ».

Philippe riusciva a mantenere sul viso, quasi senza sforzo, la sua maschera attraente e sveglia di bel ragazzo bruno. Suo padre, davanti a lui, assomigliava al padre di tutti i giorni: una presenza simpatica, un po' nebulosa, dai contorni sfocati, come tutte le creature terrestri che non si chiamavano Vinca, o Philippe, o Camille Dalleray. Phil attese pazientemente che suo padre riprendesse fiato.

« Non sei andato a pescare, papà? ».

« Macché! Ho fatto una passeggiata. C'è Lequérec che ha preso un polpo... Vedi il mio bastone? Be', ha i tentacoli lunghi così. Davvero notevole. Che strilli farebbe Lisette! Comunque, state attenti quando fate il bagno ».

« Ma papà, non c'è nessun pericolo!... ».

Philippe si rese conto di aver protestato con un tono di voce troppo alto, e falso, da ragazzino impertinente. Gli occhi grigi e sporgenti di suo padre interrogarono i suoi e Phil faticò a sopportare uno sguardo che gli parve limpido, scoperto, sgombro dalla condensa isolante e protettrice dietro la quale vivono, in mezzo ai loro genitori, i figli pieni di segreti.

« Ti dispiace partire? ».

« Partire? Ma, papà... ».

« Sì. Se assomigli a me, ti dispiacerà ogni anno di

più. Il paese, la casa. E poi i Ferret... Ti accorgerai quanto sono rari gli amici con i quali si può passare ogni anno l'estate senza guastarsi... Goditi quello che resta, ragazzo. Ancora due giorni di divertimento. C'è chi sta peggio di te... ».
Ma non aveva ancora finito di parlare che già rientrava tra le ombre dalle quali l'avevano tratto uno sguardo, una parola ambigua. Philippe gli offrì il braccio per superare il pendio franoso, dimostrandogli la fredda, compassionevole sollecitudine che sempre un figlio elargisce al padre quando il padre è un uomo tranquillo e maturo e il figlio un adolescente irrequieto che ha appena inventato l'amore, i tormenti della carne e la fierezza di essere fra tanta gente il solo che soffre senza chiedere aiuto.
All'altezza della terrazza pianeggiante e angusta sulla quale sorgeva la villa, Philippe abbandonò il braccio di suo padre e fece per scendere nuovamente in spiaggia a raggiungere il posto che, da meno di un'ora, gli era stato assegnato in un angolo preciso della solitudine umana.
« E adesso dove vai? ».
« Laggiù, papà... ».
« Hai fretta? Vieni un attimo. Vorrei spiegarti delle cose, per la villa. Sai che con Ferret abbiamo deciso, la compriamo. D'altronde è parecchio tempo che se ne parla davanti a voi ragazzi ».
Non osando mentire né confessare la sordità popolata di brusii che lo isolava dalla conversazione famigliare, Philippe non rispose.
« Vieni che ti spiego. Prima di tutto la mia idea, che Ferret condivide, di ingrandire la villa costruendo due ali a pianterreno. Così le stanze

principali del primo piano avrebbero ciascuna una terrazza... Capisci quello che voglio dire? ».

Phil annuì con aria sagace e tentò onestamente di ascoltare. Ma, per quanto facesse, alla parola « aggettante » cominciò a smarrirsi e mentalmente ridiscese il pendio fino al luogo in cui il malefico ragazzino gli aveva detto... « aggettante... aggettante... sono rimasto ad aggettante ». E intanto annuiva e con lo sguardo, improntato a filiale alacrità, andava dal viso di suo padre al tetto in stile svizzero della villa, dal tetto alla mano del signor Audebert che abbozzava nell'aria un nuovo assetto architettonico... « Aggettante »...

« Capisci? Faremo così, Ferret e io. O magari sarai tu a farlo, d'accordo con la piccola Ferret... Perché non si sa mai quello che può capitare ».

« Ah, ci sento di nuovo! » esclamò Philippe dentro di sé con un sussulto di liberazione.

« Ti fa ridere? Non c'è proprio niente da ridere. Voi ragazzi non credete mai alla morte ».

« Ma sì, papà... ».

« La morte... Finalmente una parola famigliare, comprensibile... » pensò Philippe. « Una parola di tutti i giorni... ».

« È evidente che ci sono moltissime probabilità che in futuro tu sposi Vinca. Almeno, è ciò che assicura tua madre. Ma ci sono anche moltissime probabilità che tu non la sposi. Che cos'è che ti fa sorridere? ».

« Quello che stai dicendo, papà... ».

Quello che stai dicendo, pensò, e la semplicità dei genitori, della gente matura, di quelli che, come dicono loro, hanno vissuto, e il loro candore e la loro inquietante purezza di pensiero...

« Sia ben chiaro che non ti chiedo che cosa ne

pensi in questo momento. Se tu mi dicessi: "Voglio sposare Vinca", mi farebbe lo stesso effetto che se tu dichiarassi: "Non voglio sposare Vinca" ».

« Ah sì? ».

« Sì. È prematuro. Tu sei un bel ragazzo, ma... ».

Ancora una volta i grigi occhi sporgenti emersero dalla confusione universale per squadrare Philippe.

« Ma bisogna aspettare. Non sarà molto consistente, la dote della piccola Ferret. Ma cosa importa? I primi tempi si fa volentieri a meno del velluto e della seta e dell'oro... ».

« Del velluto, della seta e dell'oro » pensò Philippe. « Ah, il velluto, la seta e l'oro... rosso, nero, bianco... rosso, nero, bianco... e il cubetto di ghiaccio, tagliato come un diamante, nel bicchiere d'acqua... Il mio velluto, il mio lusso, la mia amante, la mia padrona... Ah, come è possibile fare a meno di un superfluo del genere... ».

« ... Il lavoro... gli inizi sono duri... serietà... c'è tempo per pensare... l'epoca in cui viviamo... ».

« Mi sento male » pensò Philippe. « Qui all'altezza dello stomaco. E odio quella roccia violacea sullo sfondo rosso cupo, bianco e nero di ciò che vedo dentro di me... ».

« La vita di famiglia... viziato... Perbacco!... Cresciuto nella bambagia... figlio mio... Che ne dici? ».

La voce, le parole intermittenti si spensero in un dolce rumore di marea montante. Philippe non avvertì più nulla, salvo un urto leggero contro la spalla e l'erba secca che gli pizzicava la guancia. Poi il suono di parecchie voci, simili ad altrettanti isolotti aguzzi, forò nuovamente il piacevole, uniforme muggito delle acque, e Phil riaprì gli occhi. Aveva la testa sulle ginocchia di sua madre e tutte le Ombre, in cerchio, chinavano su di lui i loro visi inoffensivi. Un fazzoletto imbevuto di lavanda gli toccò le narici e lui sorrise a Vinca che si frapponeva, colorata d'oro, di bruno rosato e di azzurro cristallino, fra lui e le Ombre...

« Povero caro! ».

« L'avevo detto io che non aveva una bella cera! ».

« Stavamo parlando, lui era lì davanti a me, e poi... paf!... ».

« È come tutti i ragazzi della sua età! Non è capace di tenere a bada lo stomaco, ha sempre le tasche piene di frutta... ».

« E le prime sigarette, non le contate? ».

« Il mio tesoro!... Ha gli occhi pieni di lacrime... ».

« Naturale! È la reazione... ».

« D'altronde non è durato neanche trenta secondi, il tempo di chiamarvi. Era lì, vi dico, stavamo parlando, e poi... ».

Phil si alzò, leggero, le guance fredde.

« Non muoverti, Phil! ».

« Appoggiati a me, caro... ».

Ma Phil stringeva la mano di Vinca e sorrideva senza espressione.

« È passato. Grazie, mamma. È passato ».

« Non vuoi per caso metterti a letto? ».

« Oh, no! Preferisco restare all'aria aperta... ».

« Ma guardate la faccia di Vinca. Non è mica morto, il tuo Phil. Portalo via, su. Cercate però di restare sulla terrazza! ».

Le Ombre si allontanarono, come un lento plo-

tone dal quale si levavano mani amiche, parole di incoraggiamento; uno sguardo materno vi brillò ancora una volta e Philippe rimase solo con Vinca, che non sorrideva. Con una smorfia e un cenno rassicurante del capo l'invitò a tornare allegra, ma lei fece segno di no e non smise di contemplare Philippe, il suo pallore che dava una sfumatura verdognola all'abbronzatura, i suoi occhi neri nei quali il sole immergeva un raggio rossastro, la sua bocca socchiusa sui denti piccoli e uniti... « Come sei bello... e come sono triste! » dicevano gli occhi azzurri di Vinca... Ma in quegli occhi Philippe non leggeva nessuna pietà, e Vinca gli lasciava tenere la sua mano indurita dalla pesca e dal tennis come gli avrebbe porto l'impugnatura di un bastone.
« Vieni » la pregò in un sussurro Philippe. « Voglio spiegarti... Non è niente. Ma andiamo in un posto tranquillo ».
Lei lo seguì e con grande serietà scelsero come stanza segreta un cornicione di roccia dove le grandi maree, che talvolta lo inondavano, avevano depositato una rena sassosa che asciugava in fretta. Nessuno dei due aveva mai pensato che si potesse confidare un segreto fra tappezzerie di cretonne chiaro, o fra pareti di pino musicalmente sonore che, la notte, portavano da una stanza all'altra la notizia che uno degli ospiti della villa girava un interruttore o tossiva o faceva cadere una chiave. A modo loro selvaggi, i due ragazzi parigini sapevano fuggire l'indiscreto rifugio degli uomini, e per il loro idillio e i loro drammi cercavano la sicurezza in mezzo a un prato aperto o su un ciglio roccioso o nel cavo di un'onda.

« Sono le quattro » disse Philippe consultando il sole. « Non vuoi che vada a prenderti la merenda prima di metterci qui? ».

« Non ho fame » rispose Vinca. « Tu vuoi fare merenda? ».

« No, grazie. Lo svenimento mi ha tolto l'appetito. Siediti contro la parete, io sto meglio sul bordo ».

Parlavano con semplicità, sapendosi preparati tanto alle frasi importanti quanto a un silenzio quasi altrettanto rivelatore.

Il sole di settembre faceva sfavillare le gambe lisce e abbronzate di Vinca, ripiegate sotto il bordo dell'abito bianco, e in basso, sotto i due ragazzi, un mare lungo, inoffensivo, calmato dal passaggio della nebbia danzava fiacco e andava gradatamente assumendo il colore del bel tempo. I gabbiani stridettero e dall'ombra del Meinga si sgranò un rosario di barche che, vela dopo vela, guadagnò il mare aperto. Nella brezza passò un canto infantile, acuto, tremulo: Philippe si voltò, trasalì e si lasciò sfuggire una specie di gemito di fastidio: in cima alla scogliera c'era un ragazzino con una tuta bluastra e i capelli rossi...

Vinca seguì lo sguardo di Philippe.

« Sì, » disse « è lo stesso ragazzino ».

Phil stava riacquistando la padronanza di sé.

« Vuoi dire il ragazzino della pescivendola... ».

Vinca scosse il capo.

« Il ragazzino » lo corresse « che ha parlato con te poco fa ».

« Che ha... ».

« Il ragazzino che è venuto a informarti che quella signora se ne è andata ».

Improvvisamente Philippe odiò lo splendore del giorno e la sabbia dura contro le reni, e il vento moderato gli bruciò la guancia.
« Di... di cosa stai parlando, Vinca? ».
Senza abbassarsi a rispondere, Vinca continuò:
« Il ragazzino ti cercava, ha incontrato me e mi ha informata per prima. D'altronde... ».
Terminò con un gesto fatalista. Phil respirò a fondo, provando una sorta di benessere.
« Ah... Allora tu sapevi... Che cosa sapevi? ».
« Cose che ti riguardano... Non da molto. Quello che so, l'ho saputo tutto in una volta... tre o quattro giorni fa, ma avevo già qualche sospetto... ».
Tacque e Philippe scorse sulle fresche guance infantili, sotto le pupille azzurre, il solco madreperlaceo lasciato dalle lacrime notturne e dall'insonnia, quel riflesso satinato, color chiaro di luna, che si vede solo sulle palpebre delle donne costrette a soffrire in segreto.
« Bene » disse Philippe. « Allora possiamo parlare, a meno che tu preferisca di no... Farò quello che vuoi tu ».
Vinca represse un lieve tremito agli angoli della bocca, ma non pianse.
« No, possiamo parlare. Credo che sia meglio ».
Provarono entrambi un'amara, identica soddisfazione nel superare, fin dalle prime parole, i luoghi comuni del litigio e della menzogna. È proprio degli eroi, degli attori e dei giovanissimi sentirsi a proprio agio su un piano elevato. I due ragazzi sperarono follemente che dall'amore potesse nascere un nobile dolore.
« Ascolta, Vinca, quando ho incontrato per la prima volta... ».

« No, no, » l'interruppe Vinca precipitosamente « non ti chiedo questo. Lo so già. È stato laggiù, sul sentiero del goemone. Pensi forse che l'abbia dimenticato? ».
« Ma » protestò Philippe « non c'è stato niente quel giorno da dimenticare o da ricordare perché... ».
« Lascia perdere, lascia perdere! Credi che ti abbia portato qui perché tu mi parli di lei? ».
Dall'aspra semplicità del tono di Vinca Philippe sentì che le sue parole avevano mancato di naturalezza e al tempo stesso di contrizione.
« Vuoi farmi la cronistoria dei vostri amori, vero? Risparmiatelo. Mercoledì scorso, quando sei rientrato, la mia luce era spenta, ma io ero alzata... Ti ho visto... come un ladro... Era quasi giorno. E avevi una faccia... Allora, pensa un po', mi sono informata... Ma credi che non lo sappiano tutti, sulla costa? Solo i genitori non sanno mai niente... ».
Philippe, turbato, aggrottò le sopracciglia. Si sentiva offeso dalla brutalità femminile che la gelosia faceva affiorare in Vinca. Arrivando a quell'aereo rifugio si era sentito capace di languide confidenze e di lacrime, incline a una lunga confessione... Ma non ammetteva questa concitazione frenetica, questa villania sbrigativa che bruciava le tappe pittoresche e lusinghiere e tendeva verso... verso dove, in realtà?
Probabilmente vorrà morire, pensava. Proprio qui ha già tentato di morire, un giorno... Vorrà morire...
« Vinca, devi promettermi... ».
Senza guardarlo Vinca tese l'orecchio, e in quel

movimento impercettibile tutto il suo corpo espresse ironia e spirito di indipendenza.
« Sì, Vinca... devi promettermi che non cercherai di toglierti la vita né qui su questa roccia né in nessun altro luogo della terra... ».
La ragazza lo abbagliò, gettandogli in viso il raggio azzurro dei suoi occhi spalancati in uno sguardo brusco e deciso.
« Cosa dici? Togliermi... la vita? ».
Philippe posò le mani sulle spalle di Vinca e scosse la fronte in un gesto carico di esperienza.
« Io ti conosco, tesoro. Proprio da qui volevi lasciarti scivolare giù, senza ragione, sei settimane fa, e adesso... ».
Mentre Philippe parlava, le sopracciglia di Vinca rimanevano inarcate per lo stupore. Con un'alzata di spalle essa si scrollò di dosso le mani del ragazzo.
« Adesso?... Morire?... E perché?... ».
A quest'ultima parola Philippe arrossì, e Vinca prese quel rossore per una risposta.
« Per lei? » esclamò. « Sei pazzo? ».
Per la stizza Philippe strappò qualche ciuffo di erba stenta e all'improvviso dimostrò quattro o cinque anni di meno.
« Si è sempre pazzi quando si cerca di sapere che cosa vuole una donna, e quando ci s'immagina che lei sappia ciò che vuole! ».
« Ma io so quello che voglio, Phil, lo so benissimo. E anche quello che non voglio. Puoi stare tranquillo, non mi ammazzerò per quella donna! Sei settimane fa... Sì, mi lasciavo scivolare giù e ti portavo con me. Ma allora era per te che morivo, e per me... per me... ».
Chiuse gli occhi, rovesciò all'indietro la testa, ac-

carezzò con la voce le ultime parole che aveva pronunciato e assomigliò, con una strana verosimiglianza, a tutte le donne che scoprono la gola e chiudono gli occhi vinte da un eccesso di felicità. Per la prima volta, Philippe riconobbe in Vinca la sorella di colei che, a occhi chiusi e con il capo abbandonato, sembrava separarsi da lui negli istanti stessi in cui lui la abbracciava più stretta...

« Vinca, su, Vinca! ».

Lei riaprì gli occhi e si raddrizzò.

« Cosa c'è? ».

« Non fare così. Hai la faccia di una che sta per svenire! ».

« Io non svengo. I sali, l'acqua di Colonia e tutto il resto sono roba per te! ».

Ogni tanto si insinuava tra di loro, misericordiosa, la ferocia dei bambini. Essi vi attingevano forza, vi si ritempravano con una lucidità anacronistica per poi gettarsi nuovamente nella follia degli adulti...

« Me ne vado » disse Philippe. « Mi fai una gran pena ».

Vinca rise, con la risata convulsa e sgradevole di qualsiasi donna ferita.

« Carino! Adesso sei tu quello che prova pena, vero? ».

« Certo ».

Vinca mandò un grido, penetrante, imprevisto, di uccello infastidito, che fece trasalire Philippe.

« Che cos'hai? ».

Si era appoggiata sulle due mani aperte e stava quasi a quattro zampe, come un animale. Philippe la vide improvvisamente senza più freni, rossa di collera. Le due ali di capelli quasi si toccavano davanti al suo viso chino, e dallo stretto varco spuntavano solo la bocca rossa e arida, il naso corto dilatato dal respiro furente e due occhi di un azzurro di fiamma.

« Taci, Phil! Taci o ti picchio! Tu ti lamenti, parli del tuo dolore, tu che mi hai ingannata, bugiardo, bugiardo, tu che mi hai lasciata per un'altra donna! Non hai vergogna, non hai buonsenso, non hai pietà! Mi hai portata qui per raccontarmi quello che hai fatto con l'altra, per raccontarlo a me, a me! Di' che non è vero, di' che non è vero, dillo! ».

Gridava, a suo agio in quello scoppio di furore femminino come una procellaria nella tempesta. Ricadde a sedere e, trovato a tentoni un frammento di roccia, lo lanciò lontano nel mare con una forza che sconcertò Philippe.

« Smettila, Vinca... ».

« No, non la smetto! Per prima cosa siamo soli e poi ho voglia di gridare. C'è di che gridare, non credi? Tu mi hai portata qui perché volevi raccontare, ricordare tutto quello che hai fatto con lei, per il piacere di ascoltarti, di ascoltare delle parole... di parlare di lei, di pronunciare il suo nome forse, il suo nome, non è vero?... ».

Lo colpì improvvisamente al viso con un pugno così imprevisto e mascolino che per poco Philippe non si gettò su di lei per fare seriamente a botte. Ma lo trattennero le parole che essa aveva appena gridato, e il suo fondamentale pudore maschile arretrò davanti a ciò che Vinca capiva e faceva capire senza mezzi termini.

« Lei pensa, lei crede al piacere che proverei a raccontarle... » si diceva Philippe. « Ed è proprio Vinca, Vinca ad immaginarlo... ».

Vinca tacque per un momento e tossì, rossa fino alla radice del collo. Dagli occhi le scivolarono due piccole lacrime, ma era ancora lontana dalla dolcezza e dal silenzio del pianto.
« Allora io non ho mai saputo ciò che pensava? » rifletteva Philippe. « Ogni sua parola è sorprendente, sorprendente come la forza che spesso ho notato in lei, quando nuota, quando salta, quando lancia un sasso... ».
Diffidava dei gesti di Vinca e non la lasciava con lo sguardo. Lo splendore del suo incarnato e dei suoi occhi, la precisione delle sue forme snelle, l'orlo del suo abito bianco teso sulle lunghe gambe relegavano su un piano remoto la sofferenza quasi soave che l'aveva steso, immobile, sull'erba...
Approfittò della tregua e volle mostrare la propria superiore capacità di controllo.
« Io non ti ho picchiata, Vinca. Eppure lo meritavi, più per quello che hai detto che per quello che hai fatto. Ma io non ho voluto picchiarti. Sarebbe stata la prima volta che mi lasciavo andare a... ».
« Naturalmente » lo interruppe Vinca con voce rauca. « Tu picchierai un'altra prima di me. Io non sarò la prima in niente! ».
La voracità di quella gelosia rassicurò Philippe, che quasi ne sorrise, ma lo sguardo vendicativo di Vinca lo dissuase dal tentare una battuta di spirito. Rimasero in silenzio e videro il sole calare dietro il Meinga e una macchia rosa, arcuata come un petalo, danzare sulla cresta di ogni onda.
In cima alla scogliera risuonarono i campanacci delle mucche, e dove poco prima cantava l'infau-

sto ragazzino apparve il muso cornuto di una capra nera che lanciò un belato.

« Vinca, tesoro... » sospirò Philippe.

Lei lo guardò con indignazione.

« E hai il coraggio di chiamarmi così... ».

Philippe chinò la testa.

« Vinca, tesoro... » sospirò.

Vinca si morse le labbra, fece appello a tutte le sue forze per contrastare l'assalto delle lacrime che sentiva montare dentro di sé, chiuderle la gola, gonfiarle gli occhi, e non si arrischiò a parlare. Philippe, con la nuca appoggiata alla roccia arabescata di muschio raso e violaceo, contemplava, forse senza vederlo, il mare. Per la stanchezza, o perché era bello stare lì, o perché così volevano l'ora, il suo profumo e la sua malinconia, sospirò: « Vinca, tesoro », come avrebbe sospirato: « Ah, che felicità!... », oppure: « Oh, come soffro... ». Quel dolore nuovo per lui gli faceva esalare le parole più antiche, le prime nate sulle sue labbra, come il soldato ormai vecchio, se cade combattendo, implora in un gemito il nome di una madre che ha dimenticato.

« Taci, cattivo, taci... Che cosa mi hai fatto... Che cosa mi hai fatto... ».

Vinca mostrava a Philippe le lacrime che rotolavano senza lasciare solchi sulle sue guance di velluto, e il sole le giocava negli occhi inondati dilatando l'azzurro delle pupille. Nella parte superiore del suo viso splendeva un'amante che ha subìto tutti gli oltraggi, ma che è tanto magnanima da perdonare ogni cosa; la bocca e il mento tremante si contraevano nella smorfia graziosa di una bambina sconsolata e un tantino comica. Senza abbandonare l'appoggio del suo duro guanciale, Philippe girò verso di lei gli occhi neri, addolciti dal languore della sua invocazione. Da quella ragazzina accalorata la collera aveva spremuto un profumo di femmina bionda, che assomigliava a quello del fiore rosa della bulinaca, del grano acerbo schiacciato, un odore allegro e pungente che completava l'idea di vigore inculcata in Philippe da ogni gesto di Vinca. Eppure lei piangeva e balbettava: « Che cosa mi hai fatto... ». Poi, volendo frenare le lacrime, si morse una mano, sulla quale apparve, scarlatto, il semicerchio dei suoi giovani denti.

« Selvaggia... » disse Phil a mezza voce, con la considerazione garbata che avrebbe avuto per una sconosciuta.

« Più di quanto tu non creda... » rispose Vinca sul medesimo tono.

« Non dirmelo! » esclamò Philippe. « Ogni tua parola suona come una minaccia! ».

« Prima avresti detto "promessa", Phil! ».

« È la stessa cosa! » protestò lui con veemenza.

« Perché? ».

« Perché è così ».

Phil mordicchiò un filo d'erba, deciso a usare la prudenza e tuttavia incapace di precisare verbalmente le sorde rivendicazioni di libertà mentale e del diritto alle bugie distensive e cortesi, ingigantite in lui dall'età e dalla prima avventura.

« Mi chiedo come mi tratterai in futuro, Phil...».

Vinca sembrava costernata e senza più argomenti, ma Philippe sapeva come potesse risollevarsi e recuperare magicamente tutta la propria forza.

« Non chiedertelo » la pregò brevemente.

« In futuro... in futuro... » pensava. « Mette le mani anche sull'avvenire. Una bella fortuna, in questo momento potersi preoccupare dell'avvenire! È il suo bisogno di tenerci legati che parla... Non ha la minima voglia di morire... ».
Astiosamente Philippe non voleva riconoscere che a tutte le specie femminili è stata concessa la missione di prolungare la propria esistenza, e l'istinto solenne di insediarsi nella sventura e di sfruttarla come una miniera di materie preziose. Complici la sera e la stanchezza, si sentì esasperato da quella bambina battagliera, che lottava in maniera primitiva per la salvezza di una coppia. Si sottrasse mentalmente alla sua presenza e, inseguita una macchina che viaggiava sulla sua nuvola orizzontale di polvere, si accostò come un mendicante al finestrino contro il quale era appoggiata una testa assopita sotto il turbante di veli bianchi... Rivide ogni particolare, le ciglia truccate, il segno nero vicino al labbro, le narici palpitanti e sottili, tratti che aveva contemplato soltanto da vicino, da tanto vicino... Smarrito, spaventato, si alzò in piedi, tutto preso dalla paura di soffrire e dalla sorpresa di aver cessato di soffrire mentre parlava con Vinca.
« Vinca! ».
« Che cos'hai? ».
« Credo... credo di sentirmi male... ».
Barcollava vicino al bordo di quel nido scosceso e un braccio, al quale era impossibile resistere, afferrò saldamente il suo e lo costrinse a cadere al riparo. Prostrato, Phil smise di lottare e disse semplicemente:
« Eppure, sarebbe forse la cosa più semplice... ».
« Ma dai! ».

Dopo quel grido sgarbato Vinca non cercò altre parole, ma tenne abbracciato il corpo privo di forze del ragazzo, stringendo la testa bruna contro il seno, appena arrotondato da un po' di carne morbida da poco spuntata. Philippe si abbandonava alla vile abitudine della passività, acquisita di recente tra due morbide braccia; e se pure cercava, con un'amarezza appena tollerabile, quel profumo di resina, quella gola accessibile, era il nome di « Vinca, tesoro... Vinca, tesoro » che gli affiorava con un gemito alle labbra.

Essa accettò di cullarlo obbedendo al ritmo che fa oscillare, con le braccia conserte e le ginocchia unite, tutte le creature femminili della terra. Lo malediceva perché era così infelice e così viziato. Gli augurava di smarrire la ragione e di dimenticare, nel delirio, un nome di donna. Dentro di sé gli diceva: « Vedrai, imparerai a conoscermi... Te ne farò vedere delle belle... », ma intanto gli scostava dalla fronte un capello nero, come un'incrinatura sottile nel marmo. Assaporava il peso, il contatto, nuovi per lei, di un corpo di giovane uomo che ancora ieri, ridendo, portava di corsa a cavalcioni. Quando, socchiudendo gli occhi, Philippe cercò il suo sguardo supplicandola di restituirgli ciò che aveva perduto, Vinca percosse con la mano libera la sabbia di fianco a sé e nell'intimo esclamò: « Ah, perché sei nato! » come un'eroina dell'eterno dramma.

E intanto sorvegliava con occhio svelto i dintorni della villa lontana, misurava con perizia marinara il calare del sole: « Sono le sei passate »; notava, tra la spiaggia e la casa, il passaggio di Lisette, che pareva un colombo bianco nel suo

vestito svolazzante. E pensava: « Non dobbiamo restare qui più di un quarto d'ora, altrimenti verranno a cercarci. Bisogna che mi lavi bene gli occhi... », poi faceva ritorno, anima e corpo, all'amore, alla gelosia, alla collera lenta a calmarsi, rifugi mentali impervi e originali quanto quel nido di roccia...
« Alzati » sussurrò.
Philippe si lamentò, il suo corpo si fece più pesante. Vinca indovinò che adesso egli si serviva dei lamenti e dell'inerzia per sottrarsi ai rimproveri e agli interrogatori, e le sue braccia, poco prima quasi materne, scossero quella nuca viziata, quel busto caldo, e il fardello che ormai non stringeva più ridivenne il ragazzo bugiardo, sconosciuto, estraneo, capace di tradirla, che le mani di una donna avevano dirozzato e cambiato...
« Legarlo a due metri di corda, come quella capra nera lassù » pensava Vinca. « Chiuderlo in una stanza, la mia... Vivere in un paese dove io fossi l'unica donna... Oppure essere bella, ma talmente bella... O che lui fosse malato, quel tanto da poterlo curare ». Sul viso di Vinca trascorrevano mobili le ombre dei suoi pensieri.
« Cosa hai intenzione di fare? » domandò Philippe.
Vinca contemplò, senza più illusioni, quei lineamenti che sarebbero probabilmente divenuti, in futuro, quelli di un uomo bruno banalmente attraente, ma che i suoi sedici anni trattenevano ancora per un po' al di qua della virilità. E si stupiva che su quel mento soave, su quel naso regolare fatto apposta per esprimere la collera non fosse apparso un marchio spaventoso e

rivelatore. « Come si vede » pensava « che nei suoi occhi bruni, troppo dolci, e nel loro bianco azzurrino si è rispecchiata una donna... ». Scosse la testa.
« Cosa ho intenzione di fare? Ho intenzione di prepararmi per la cena. E anche tu ».
« E basta? ».
Ritta in piedi, Vinca si aggiustava il vestito sotto la cintura di seta elasticizzata e sorvegliava diligentemente Philippe, la casa, il mare che si addormentava e, ormai grigio e freddo, si rifiutava di partecipare allo splendore del tramonto.
« E basta. A meno che non faccia qualcosa anche tu ».
« Cosa intendi per qualcosa? ».
« Ma... andartene, ritrovare quella signora... Decidere che ami lei... Annunciarlo ai tuoi genitori... ».
Parlava con un'aria dura e puerile e intanto si lisciava macchinalmente il vestito come se volesse schiacciarsi il petto.
« Ha i seni fatti come i gusci delle patelle... o come le piccole montagne coniche delle pitture giapponesi... » pensò Philippe, e arrossì perché aveva pronunciato distintamente dentro di sé la parola « seni ». Si accusò di averle mancato di rispetto.
« Non farò nessuna sciocchezza del genere, Vinca » si precipitò a dire. « Ma mi piacerebbe sapere come ti comporteresti tu se io fossi capace di fare anche solo la metà di quello che hai detto ».
Vinca spalancò gli occhi che il pianto aveva reso ancora più azzurri e nei quali Philippe non poté leggere nulla.

« Io? Non cambierei assolutamente il mio modo di vivere ».
Stava mentendo e lo sfidava, ma sotto la bugia dello sguardo Philippe vedeva, toccava la tenacia, la costanza indefessa e spregiudicata che protegge la donna innamorata e la lega all'amato e alla vita non appena essa scopre di avere una rivale.
« Vuoi sembrare più saggia di quello che sei, Vinca ».
« E tu più prezioso. Non credevi poco fa che volessi morire? Morire, per un'avventura del signorino! ».
E lo indicò con la mano aperta, come fanno i bambini quando bisticciano.
« Un'avventura... » ripeté Philippe, ferito e lusingato. « Ma, accidenti, tutti i ragazzi della mia età... ».
« Allora bisognerà che mi abitui » lo interruppe Vinca « al fatto che sei soltanto come "tutti i ragazzi" della tua età ».
« Vinca, tesoro, ti giuro che una ragazza non può parlare, non deve capire... ».
Abbassò gli occhi, si morse il labbro con sufficienza, e aggiunse:
« Puoi credermi ».
Le offrì la mano per scavalcare i lunghi banchi di roccia scistosa all'ingresso del loro rifugio, poi i bassi cespugli di ginestra che li separavano dal sentiero della dogana. A trecento metri da loro, sul prato in riva al mare, Lisette vestita di bianco girava in tondo come un vilucchio bianco e gesticolava con i suoi braccini abbronzati, telegrafando: « Venite, siete in ritardo! ». Vinca alzò

le braccia e rispose, ma prima di cominciare a scendere si girò ancora verso Philippe.
« Phil, proprio non posso crederti. Oppure tutta la nostra esistenza, fino a oggi, non è stata altro che una storiella insipida, come nei libri che non ci piacciono. Parlando di noi, tu mi dici: "un ragazzo... una ragazza...". Dici: "un'avventura come tutti i ragazzi della mia età...". Ma Phil, tu hai torto comunque... vedi, ti parlo con calma... ».
Philippe l'ascoltava un po' impaziente, e perplesso perché, in quel medesimo istante, cercava di racimolare i tizzoni e le spine del suo grande dolore e non ci riusciva. L'estremo imbarazzo di Vinca, visibile sotto quell'eccesso di sicurezza, li avrebbe nuovamente dispersi, e inoltre il vento della sera si stava levando con malevola violenza...
« Insomma, cosa c'è ancora? ».
« Tu hai comunque torto, Phil, perché è a me che avresti dovuto chiedere... ».
Phil non desiderava più nulla, si sentiva stanco, impaziente di restare solo, e tuttavia pieno di apprensione nell'imminenza della lunga notte. Vinca si era aspettata che si mettesse a gridare, che si indignasse, oppure che manifestasse un turbamento impuro: lui la squadrò dalla testa ai piedi tra le ciglia socchiuse e disse:
« Povera piccola! "Chiedere", dici... D'accordo, e cosa mi avresti concesso? ».
La vide offesa, muta, e il flusso di sangue che le era montato alle guance scese verso la gola trasparendo dalla pelle bruna. Phil le circondò le spalle con un braccio e, stretto a lei, si avviò per il sentiero.

« Vinca, tesoro, vedi che sciocchezze dici! Sciocchezze da ragazzina ignorante, grazie a Dio! ».
« Ringrazialo per qualcos'altro, Phil. Non credi che io ne sappia quanto la prima donna che ha creato? ».
Non si scostava da lui, limitandosi a guardarlo di lato senza girare la testa; poi guardava il sentiero impervio che le si apriva davanti, e poi nuovamente Philippe, la cui attenzione si appuntava su quell'angolo dell'occhio di lei che il movimento della pupilla faceva alternativamente blu pervinca e bianco come l'interno madreperlaceo di una conchiglia.
« Di', Phil, tu non credi che io ne sappia quanto... ».
« Zitta, Vinca, tu non sai. Non sai niente ».
Si arrestò dove il sentiero faceva una svolta. Tutto l'azzurro era scomparso dal mare, fuso in un metallo solido e grigio, quasi senza increspature, e il sole ormai spento lasciava sull'orizzonte una lunga traccia di un rosso triste, al di sopra della quale regnava una zona pallida, verde, più chiara dell'aurora, dove era immersa l'umida stella che spunta per prima. Philippe strinse con un braccio le spalle di Vinca e tese l'altro verso il mare.
« Zitta, Vinca, tu non sai niente. È... un tale segreto... un segreto talmente grande... ».
« Ma io *sono* grande ».
« No, tu non capisci quello che voglio dirti... ».
« Sì, invece, lo capisco benissimo. Tu ti comporti come il bimbo dei Jallon, che la domenica fa il chierichetto e per darsi importanza dice: "Il latino, eh, il latino, sai, è molto difficile!", ma lui il latino non lo sa ».
Si mise a ridere improvvisamente, a testa alta, e

a Philippe non piacque che passasse così repentinamente e con tanta naturalezza dal dramma al riso e dalla costernazione all'ironia. Forse perché stava sopraggiungendo la notte, egli cominciava a rivendicare una calma tutta sottesa dai fuochi della voluttà, un silenzio nel quale il sangue ronza nelle orecchie imitando il suono concitato della pioggia; desiderava provare nuovamente il timore, il giogo pressoché muto e pieno di pericoli che l'aveva piegato su una soglia che altri adolescenti varcano titubanti pronunciando parole scurrili.
« Su, sta' zitta. Non essere cattiva e volgare. Quando saprai... ».
« Ma io non chiedo altro! ».
Parlava con un tono falso e rideva col riso di un'attrice impacciata, per nascondere il tremito che aveva dentro e la tristezza che era la tristezza di tutte le bimbe trascurate che, buttandosi allo sbaraglio, hanno cercato l'occasione di soffrire un po' di più, e ancora un po' di più, e sempre di più, fino a venirne ricompensate...
« Ti prego, Vinca! Mi fai una pena... È così poco da te!... ».
Phil lasciò ricadere il braccio che teneva sulla spalla di Vinca e si mise a scendere più in fretta verso la villa. Lei lo accompagnava, saltando, quando il sentiero si restringeva, i ciuffi d'erba tagliente già impregnata di rugiada; camminando si preparava una faccia destinata alle Ombre e intanto ripeteva sottovoce, per Philippe:
« Poco da me?... Poco da me?... Questo tu non lo sai, Phil, tu che sai tante cose... ».
A tavola furono entrambi degni di loro stessi e dei loro segreti. Philippe rise dei suoi « deliqui »,

pretese che lo coccolassero e attirò su di sé l'attenzione perché temeva che si notassero gli occhi lucenti, cerchiati di rosa livido, che Vinca nascondeva sotto la spessa frangia serica che le arrivava alle sopracciglia. Vinca, da parte sua, faceva la bambina e fin dalla minestra volle che si bevesse champagne: « È per tirar su il morale a Phil, mamma! », e vuotò d'un fiato la sua coppa di Pommery.

« Vinca! » la rimproverò una delle Ombre.

« Lasciala stare » disse un'altra Ombra, indulgente. « Che male vuoi che le faccia? ».

Verso la fine della cena Vinca vide lo sguardo di Philippe cercare, sul mare notturno, il Meinga invisibile, la strada bianca che si fondeva nella notte, i ginepri pietrificati sotto la polvere della strada...

« Lisette, » gridò « da' un pizzicotto a Phil che sta per addormentarsi! ».

« Mi ha pizzicato a sangue! » gemette Philippe. « Che peste! Mi ha fatto venire le lacrime agli occhi! ».

« È vero, è vero! » esclamò Vinca con voce acuta. « Ti ha fatto venire le lacrime agli occhi! ».

Rideva mentre Phil si strofinava il braccio sotto la giacca di flanella bianca; ma sulle guance di Vinca e nei suoi occhi Phil vedeva la fiamma del vino frizzante e una sorta di prudente follia che non lo rassicurava affatto.

Un po' più tardi si sentì l'urlo di una sirena, molto lontano sulla nera distesa del mare, e qualche Ombra smise di muovere, sul tavolino da gioco, il ventre punteggiato delle pedine del domino.

« C'è nebbia in mare... ».

« Poco fa il faro di Granville lampeggiava nella bambagia » disse un'altra Ombra.
Ma la voce della sirena aveva evocato il muggito del clacson di un'automobile che fuggiva sulla litoranea e Philippe balzò in piedi.
« Ci risiamo! » disse Vinca in tono beffardo.
Abile a nascondersi, girava la schiena alle Ombre e il suo sguardo seguiva Philippe come un lamento...
« No di certo » disse Philippe. « Ma non ne posso più e chiedo il permesso di andare a dormire... Buonanotte, mamma, buonanotte, papà... Buonanotte, signora Ferret... buonanotte... ».
« Ti dispensiamo dalle tue litanie, stasera, ragazzo mio ».
« E se ti portassimo su una tazza di camomilla? ».
« Non dimenticare di spalancare la finestra! ».
« Vinca, hai portato nella stanza di Phil il tuo flacone di sali? ».
Le voci delle Ombre amiche lo seguirono fino alla porta come una ghirlanda tutelare, un po' avvizzita e con un dolce profumo insipido di erbe medicinali seccate. Scambiò con Vinca il bacio quotidiano, che cadeva sempre a lato della guancia che lei gli tendeva, e poi scivolava verso l'orecchio, sul collo o sull'angolo vellutato della bocca. Poi la porta si richiuse, la ghirlanda beneaugurante si spezzò di netto e Phil si ritrovò solo.
La sua camera, spalancata sulla notte senza luna, l'accolse male. In piedi, sotto la lampadina nel suo involucro di mussola gialla, Phil respirò l'odore che Vinca chiamava « l'odore da ragazzo », ostile e delicato: l'odore che emanava dai libri di letteratura, dalla valigia di cuoio pre-

parata per la partenza di dopodomani, dal bitume delle suole di gomma, dal sapone pregiato e dalla lozione profumata.
Non soffriva in modo particolare, ma provava quel senso di isolamento e di totale spossatezza che guarisce solo con la perdita di coscienza. Si coricò in fretta, spense la lampada e d'istinto cercò il posto contro il muro dove le sue pene di bambino e le sue febbri di crescenza avevano trovato la protezione della notte, il riparo del lenzuolo col ricamo più bello e della tappezzeria a fiorami contro la quale si frangevano i sogni portati dalla luna piena, dalle grandi maree o dai temporali di luglio. Si addormentò all'istante, ma fu subito assalito dalla più intollerabile, e tradizionale, nitidezza dei sogni. Qui Camille Dalleray aveva il viso di Vinca; là Vinca, autoritaria, regnava su di lui con la freddezza impura di un illusionista. Ma nel sogno né Camille Dalleray né Vinca volevano ricordare che Philippe era un tenero bambino che voleva solo posare il capo sulla spalla di qualcuno, un bambino di dieci anni...
Si destò, vide che l'orologio segnava mezzanotte meno un quarto e che quella notte sprecata si sarebbe consumata, febbrile, nel cuore di una casa addormentata; si infilò i sandali, strinse attorno alla vita il cordone dell'accappatoio e scese da basso.
La luna, al primo quarto, montava rasentando la scogliera. Curva e rossastra, non illuminava il paesaggio e sembrava spegnersi a ogni segnale rosso, a ogni segnale verde della lampada rotante del faro di Granville. Ma, grazie a essa, la notte non riusciva a sommergere le masse di vegeta-

zione e fra le travi a vista l'intonaco della villa emanava una debole fosforescenza. Philippe lasciò aperta la porta a vetri ed entrò in quella notte pacata come in un rifugio sicuro e malinconico. Si sedette per terra sulla terrazza refrattaria all'umidità, percorsa e calpestata da sedici estati di vacanze e dalla quale la paletta di Lisette riesumava talvolta, antico e ossidato, un frammento di giocattolo sepolto da dieci, dodici, quindici anni...

Si sentiva affranto, saggio, straniato. « Forse è così che si diventa uomini » pensò. Il bisogno inconsapevole di dedicare a qualcosa, a qualcuno la propria tristezza e la propria saggezza lo tormentava inutilmente, come tormenta tutti i bravi giovani atei ai quali l'educazione laica non ha dato Dio come spettatore.

« Sei tu, Phil? ».

La voce scese fino a lui come una foglia portata dal vento. Phil si alzò in piedi e si diresse senza far rumore fin sotto al balcone di legno.

« Sì » rispose in un soffio. « Non dormi? ».

« No, naturalmente. Vengo giù ».

Lo raggiunse senza che lui se ne accorgesse. Phil vide solo avvicinarsi un viso chiaro, sospeso sopra una figura che si confondeva con il colore stesso della notte.

« Prenderai freddo ».

« No. Mi sono messa il chimono blu. E poi è tiepido. Non restiamo qui ».

« Perché non dormi? ».

« Non ho sonno. Penso. Non restiamo qui, potremmo svegliare qualcuno ».

« Non voglio che tu scenda in spiaggia a quest'ora. Prenderesti il raffreddore ».

« Non è da me, prendere il raffreddore. Ma io non ci tengo assolutamente ad andare in spiaggia. Potremmo invece camminare un po' in su ».
Parlava con voce impercettibile, eppure Philippe non perdeva una parola. L'assenza di timbro gli procurava un piacere infinito. Non era più la voce di Vinca, non era la voce di nessuna donna. Era una piccola presenza, quasi invisibile, dal tono famigliare, una piccola presenza senza acrimonia, senza intenzioni nascoste tranne quella passeggiata, tranne quella veglia tranquilla...
Phil urtò contro un ostacolo e Vinca lo trattenne per la mano.
« Sono i vasi di gerani, non li vedi? ».
« No ».
« Neanch'io. Ma li vedo come li vedono i ciechi, so che sono lì... Attento che lì vicino, per terra, deve esserci una paletta ».
« Come fai a saperlo? ».
« Ho idea che sia lì. E farebbe fracasso come una pala per il carbone... Bam! Cosa ti dicevo? ».
Philippe era incantato da quel bisbiglìo malizioso. Avrebbe pianto di sollievo e di piacere nel trovare Vinca così tenera, del tutto simile, nell'ombra, alla Vinca di un tempo, che aveva solo dodici anni e bisbigliava allo stesso modo, china sulla sabbia sommersa dove la luna piena danzava sul ventre dei pesci, durante le battute di pesca notturna...
« Ti ricordi, Vinca, quando abbiamo preso a mezzanotte quella passera grossissima... ».
« E tu hai preso la bronchite, così poi ci hanno proibito di pescare di notte... Senti! Hai chiuso la porta a vetri? ».
« No... ».

« Non vedi che si sta alzando il vento e che la porta sbatte? Ah, se non pensassi io a tutto... ».
Sparì e ricomparve come una creatura silvana, con piedi così leggeri che Phil indovinò il suo ritorno dal profumo portato dal vento...
« Che cos'è questo profumo così forte, Vinca? ».
« Parla più piano. Avevo caldo e mi sono fatta una frizione prima di scendere ».
Phil non replicò, ma con ridestata attenzione osservò come realmente Vinca pensasse sempre a tutto.
« Passa, Phil, io tengo la porta. Non calpestare l'insalata ».
Nell'intenso profumo di orto che saliva dalla terra lavorata si poteva dimenticare la vicinanza del mare. Una bassa muraglia di timo fittissimo raspò le gambe nude di Philippe, che passando sfiorò con le mani il velluto delle bocche di leone.
« Lo sai, Vinca, che per via del boschetto nell'orto non si sentono i rumori della casa? ».
« Ma in casa non ci sono rumori. E noi non facciamo niente di male ».
Aveva raccolto una piccola pera caduta, maturata prima del tempo, alla quale il baco dava un aroma di muschio.
Phil sentì che l'addentava e poi la gettava via.
« Cosa fai? Mangi? ».
« È una delle pere gialle. Ma non era abbastanza buona per dartela ».
Tanta libertà di spirito non dissipò del tutto la vaga diffidenza di Philippe. Trovava che Vinca fosse un po' troppo dolce, e leggera e serena come un essere immateriale; tutt'a un tratto gli venne da pensare alla strana ilarità, come sfug-

gita alla tomba, e alla grazia insensata che risuona nelle risate delle religiose. « Vorrei vederla in viso » si disse. E rabbrividì all'idea che la voce senza timbro e le parole di bimbetta gaia potessero uscire dalla maschera convulsa, sfavillante di colori e di collera, che si era trovato dinanzi lassù fra le rocce...

« Vinca, ascolta... Torniamo a casa ».

« Se vuoi. Ancora un momento. Concedimi un momento. Io sto bene qui, e tu? Stiamo bene tutti e due. Come è facile vivere, di notte! Non in una stanza, però. Da qualche giorno io odio la mia camera. Qui non ho paura... Guarda, una lucciola! Alla fine della stagione! No, non bisogna prenderla... Scioccone, cos'hai da trasalire? Era un gatto che passava. Di notte i gatti vanno a caccia di topi... ».

Phil sentì una risatina e il braccio di Vinca che lo stringeva alla vita. Tendeva l'orecchio a ogni minimo rumore, a ogni scricchiolio, sedotto, malgrado l'inquietudine, da quel bisbiglìo pieno di sfumature che non voleva cessare. Lungi dal temere l'ombra, Vinca vi si orientava come in un paese amico e conosciuto e lo illustrava a Philippe, al quale faceva gli onori di mezzanotte conducendolo come un ospite cieco.

« Vinca, tesoro, torna indietro... ».

Vinca ebbe un'esclamazione infantile.

« Oh, mi hai chiamata tesoro! Ah, perché non è sempre notte! In questo momento tu non sei quello che mi ha tradita e io non sono quella che ha tanto sofferto... Ah, Phil, non rientriamo così presto, lascia che sia un po' felice, un po' innamorata, sicura di te come lo ero nei miei sogni, Phil... Phil, tu non mi conosci ».

« Forse no, Vinca, tesoro... ».
Inciamparono contro qualcosa che assomigliava a del fieno duro, che scricchiolò.
« È il grano saraceno che hanno trebbiato oggi » disse Vinca.
« Come fai a saperlo? ».
« Mentre litigavamo, non sentivi due che trebbiavano? Io sì. Siediti, Phil ».
Lei li sentiva... Era furibonda, mi ha dato un pugno in faccia, mi ha urlato parole sconnesse, e intanto sentiva due che trebbiavano, pensava Philippe.
Senza volerlo, a questa vigilanza di tutti i sensi femminili paragonò il ricordo di un'altra abilità femminile...
« Non andar via, Phil! Non sono stata cattiva, non ho pianto, non ti ho rimproverato... ».
La testa rotonda di Vinca, i suoi capelli di seta tagliati pari rotolarono sulla spalla di Philippe e il calore di una guancia riscaldò la sua.
« Baciami, Phil, ti prego, ti prego... ».
La baciò, mescolando al piacere che provava la goffaggine dell'estrema giovinezza, che mira soltanto ad appagare i propri desideri, e il ricordo troppo preciso di un altro bacio che gli era stato strappato senza chiedere. Ma conobbe contro le proprie labbra la forma della bocca di Vinca, il sapore del frutto che aveva addentato poco prima e che ancora vi indugiava, e la fretta che aveva quella bocca di socchiudersi, di scoprire e di prodigare il proprio segreto. E nell'ombra si sentì barcollare. « Oh, sì, perdiamoci, » pensò « perdiamoci subito, perché è necessario che sia così e perché lei non vorrà mai più che sia altrimenti... Dio, come è inevitabile e profonda la

bocca di Vinca, come sa già tutto dalla prima volta... Sì, perdiamoci subito, subito... ».

Ma il possesso è un miracolo laborioso. Un braccio furibondo, dal quale Philippe non riusciva a sciogliersi, gli avvinghiava la nuca. Lui scuoteva la testa per liberarsene, e Vinca, credendo che volesse interrompere il loro bacio, stringeva più forte. Finalmente Philippe riuscì ad afferrare il polso irrigidito vicino al proprio orecchio e gettò Vinca sul mucchio di grano saraceno. Essa ebbe un breve gemito e rimase immobile, ma quando lui si chinò pieno di vergogna su di lei lo strinse nuovamente. Ci fu allora una tregua, piacevole, quasi fraterna, nella quale ciascuno ebbe per l'altro un po' di pietà e l'affabilità, la discrezione degli amanti devoti. Philippe teneva riversa sul braccio una Vinca invisibile, ma con la mano libera carezzava una pelle di cui non ignorava né la levigatezza né le imperfezioni, scritte in rilievo da una spina o dallo spuntone di una roccia. Per un attimo Vinca cercò di ridere, pregando Phil sottovoce:

« Lascia stare il mio bel graffio... Il saraceno sgranato è già tanto morbido... ».

Ma Philippe sentiva tremarle il respiro, e tremava anche lui. E tornava senza posa a ciò che di lei conosceva meno, la sua bocca. Poi, mentre riprendevano fiato, decise di alzarsi di scatto e di tornare di corsa a casa. Ma, scostandosi da Vinca, fu colto da una crisi di privazione fisica, dall'orrore dell'aria fresca e delle braccia vuote, e tornò da lei con uno slancio che essa imitò e che unì le loro membra. Allora lui trovò la forza di chiamarla « Vinca, tesoro » con un accento umile che la supplicava di favorire e insieme di dimenticare ciò che cercava di ottenere da lei. Vinca capì ed esternò soltanto un mutismo esasperato, forse sfinito, una fretta nella quale si fece male da sola. Philippe udì il breve lamento di ribellione, accusò lo scarto involontario, ma il corpo che offendeva non si sottrasse e rifiutò ogni clemenza.

Philippe dormì poco e profondamente e si alzò con l'impressione che la casa fosse completamente vuota. Ma da basso vide il custode con il suo cane taciturno e i suoi arnesi da pesca e udì al primo piano la tosse quotidiana di suo padre. Si nascose fra la siepe di fusaggine e il muro della terrazza e spiò la finestra di Vinca. Una brezza gagliarda scacciava qualche nube che al suo soffio si sfaldava; girando la testa, Phil scorgeva le vele di Cancale inclinate sulle onde corte e aguzze. Tutte le finestre della casa erano ancora immerse nel sonno.

« Ma lei, dormirà? » pensò Philippe. « Dicono che piangano, dopo. Forse Vinca sta piangendo. E invece adesso dovrebbe riposare sul mio braccio, come facevamo sulla sabbia. E io le direi: "Non è vero. Non è successo niente! Sei la mia Vinca di sempre. Non mi hai dato quel piacere, che non è poi stato così grande. Non c'è niente di vero, nemmeno quel sospiro e quel canto appena iniziato e subito interrotto che ti hanno resa improvvisamente supina e pesante fra le mie braccia, come una morta. Non c'è niente di vero. Se stasera io sparissi in cima al sentiero bianco diretto a Ker-Anna, se rientrassi soltanto poco prima dell'alba di domani, mi nasconderei così bene che tu non verresti a saperlo... Andiamo a passeggiare in riva al mare e portiamo con noi Lisette" ».

Non immaginava che un piacere mal dato e mal ricevuto è un'opera perfettibile. La nobiltà della giovinezza lo spingeva unicamente a salvare ciò che non bisognava lasciar perire: quindici anni di vita incantata, di tenerezza incomparabile, i loro quindici anni di gemelli innamorati e puri.

« Le dirò: "Hai ragione di pensare che il nostro amore, l'amore di Phil-e-Vinca, non finirà su quel giaciglio di grano trebbiato, irto di fuscelli. Non finirà nemmeno sul letto di camera tua, o della mia. È talmente evidente, talmente sicuro! Credimi! Se una donna che non conosco mi ha dato una gioia così profonda che, lontano da lei, mi fa ancora palpitare come il cuore dell'anguilla strappato vivo, che cosa non farà per noi il nostro amore? È talmente evidente, talmente sicuro... Ma se io mi sbagliassi, tu non dovrai sapere che mi sbaglio...".

« Le dirò: "È un sogno che si è avverato troppo presto, un delirio, un supplizio durante il quale tu ti mordevi la mano, mio povero piccolo compagno, che mi hai coraggiosamente aiutato nel mio compito crudele. Per te è stato un sogno, forse spaventoso; per me un'umiliazione anche peggiore, una voluttà inferiore alle sorprese che può dare la solitudine. Ma c'è rimedio, se tu dimenticherai e se anch'io cancellerò un ricordo sul quale la notte ha già steso un velo misericordioso... No, non è vero che ho stretto tra le ginocchia i tuoi lombi flessuosi; ma prendimi a cavalcioni e corriamo sulla sabbia..." ».

Quando sentì scivolare le tende sulla guida, fece appello a tutto il suo coraggio e riuscì a non girare la testa...

Vinca apparve tra gli scuri e li accostò al mu-

ro. Sbatté più volte le palpebre con energia e guardò dritto davanti a sé con passiva fissità. Poi affondò le mani nei folti capelli in disordine e ne tolse una pagliuzza... Il sorriso e il rossore le sbocciarono contemporaneamente sul viso che chinò tra i capelli arruffati, forse in cerca di Philippe. Ormai sveglia, prese dalla camera una caraffa di ceramica e annaffiò con cura una fucsia purpurea che decorava il balconcino di legno. Poi consultò il cielo azzurro e fresco che prometteva bel tempo e si mise a cantare una canzone che cantava tutti i giorni. Tra la fusaggine, Philippe stava all'erta come un uomo venuto a compiere un attentato.
« Canta... Devo pur credere a ciò che mi dicono i miei occhi e le mie orecchie. Canta. E ha annaffiato la fucsia ».
Non pensò un solo istante che quell'apparizione, conforme al suo desiderio più recente, avrebbe dovuto restituirgli la gioia. Si fermò alla delusione che provava e, troppo inesperto per l'analisi, si ostinò a far paragoni.
« Una notte sono venuto a buttarmi sotto questa finestra perché una rivelazione si era appena abbattuta come una folgore tra la mia infanzia e la mia vita di oggi. E lei canta, canta... ».
L'azzurro degli occhi di Vinca gareggiava con quello del mare mattutino, ed essa si pettinava i capelli e riprendeva da capo, a bocca chiusa, la sua canzoncina, il suo indefinibile sorriso...
« Canta. E a colazione sarà carina. E griderà: "Lisette, pizzicalo a sangue!". Nessuna esaltazione, nessuna tragedia... È rimasta indenne... ».
Vide che Vinca premeva il petto contro il balcone di legno per sporgersi verso la sua camera.

« Basterebbe che mi affacciassi alla finestra vicina, che scavalcassi la balaustra per andare da lei e mi butterebbe le braccia al collo...
« Ti chiamavo "il mio padrone"... Perché mi sei sembrata talvolta più sorpresa di questa ragazzina nuova che ha un'aria così naturale? Te ne sei andata senza dirmi tutto. Se tu avessi tenuto a me solo per l'orgoglio del donatore, oggi, per la prima volta, avresti pietà di me... ».
Dalla finestra vuota veniva un canterellare muto, sommesso e felice, che non lo commosse. Né egli pensò che, affacciata a quella stessa finestra, di lì a qualche settimana la ragazzina che cantava avrebbe potuto piangere, smarrita, condannata. Nascose il viso nel cavo del braccio e contemplò la propria piccolezza, la propria disfatta, la propria benignità. « Né eroe, né carnefice... Un po' di dolore, un po' di piacere... Le avrò dato soltanto questo... soltanto questo... ».

Opere pubblicate in questa collana:

1. Hermann Hesse, *Il pellegrinaggio in Oriente* (17ª ediz.)
2. Marcel Granet, *La religione dei Cinesi* (4ª ediz.)
3. Robert Musil, *Sulle teorie di Mach* (3ª ediz.)
4. James Boswell, *Visita a Rousseau e a Voltaire* (2ª ediz.)
5. Freud-Groddeck, *Carteggio* (4ª ediz.)
6. Nyogen Senzaki-Paul Reps, *101 storie Zen* (20ª ediz.)
7. Gertrude Stein, *Picasso* (5ª ediz.)
8. Pierre Klossowski, *Le dame romane* (3ª ediz.)
9. Konrad Lorenz, *E l'uomo incontrò il cane* (21ª ediz.)
10. Rainer Maria Rilke, *Ewald Tragy* (4ª ediz.)
11. Friedrich Nietzsche, *Sull'utilità e il danno della storia per la vita* (9ª ediz.)
12. Angus Wilson e Philippe Jullian, *Per chi suona la cloche* (2ª ediz.)
13. Elias Canetti, *Potere e sopravvivenza* (4ª ediz.)
14. Konrad Lorenz, *Gli otto peccati capitali della nostra civiltà* (17ª ediz.)
15. Lorenzo Magalotti, *Relazione della China*
16. Miguel León-Portilla, *Il rovescio della Conquista* (3ª ediz.)
17. Knut Hamsun, *Fame* (3ª ediz.)
18. *La Bibbia del Belli* (2ª ediz.)
19. Georges Dumézil, *Gli dèi dei Germani* (5ª ediz.)
20. Joseph Roth, *La leggenda del santo bevitore* (21ª ediz.)
21. Friedrich Nietzsche, *Sull'avvenire delle nostre scuole* (3ª ediz.)
22. *Il Fisiologo* (3ª ediz.)
23. Samuel Butler, *Erewhon* (4ª ediz.)
24. Samuel Butler, *Ritorno in Erewhon* (3ª ediz.)
25. Eugen Herrigel, *Lo Zen e il tiro con l'arco* (17ª ediz.)
26. Frank Wedekind, *Mine-Haha* (3ª ediz.)
27. Alberto Savinio, *Maupassant e "l'Altro"* (3ª ediz.)
28. San Girolamo, *Vite di Paolo, Ilarione e Malco* (2ª ediz.)
29. Giorgio Colli, *La nascita della filosofia* (10ª ediz.)
30. Louis-Ferdinand Céline, *Il dottor Semmelweis* (5ª ediz.)
31. Ludwig Wittgenstein, *Note sul "Ramo d'oro" di Frazer* (4ª ediz.)
32. Hermann Hesse, *Siddharta* (40ª ediz.)
33. Reuben Fine, *La psicologia del giocatore di scacchi* (3ª ediz.)
34. Robert Walser, *La passeggiata* (9ª ediz.)
35. Edoardo Ruffini, *Il principio maggioritario* (2ª ediz.)
36-37. Friedrich Nietzsche, *Così parlò Zarathustra* (15ª ediz.)
38. André Gide, *La sequestrata di Poitiers* (3ª ediz.)
39. J.R. Wilcock-F. Fantasia, *Frau Teleprocu*
40. Hugo von Hofmannsthal, *L'uomo difficile* (5ª ediz.)

41. James Joyce, *Dedalus* (12ª ediz.)
42. Søren Kierkegaard, *Enten-Eller, I* (3ª ediz.)
43. Paul Verlaine, *Confessioni* (2ª ediz.)
44. Pavel Florenskij, *Le porte regali* (3ª ediz.)
45. Adam Mickiewicz, *I sonetti di Crimea*
46. Friedrich Nietzsche, *La mia vita* (6ª ediz.)
47. Friedrich Nietzsche, *Al di là del bene e del male* (11ª ediz.)
48. Friedrich Nietzsche, *La nascita della tragedia* (12ª ediz.)
49. Alberto Savinio, *Sorte dell'Europa* (2ª ediz.)
50. Carlo Dossi, *Amori* (2ª ediz.)
51. René Guénon, *Il Re del Mondo* (6ª ediz.)
52. Arthur Schnitzler, *Doppio sogno* (12ª ediz.)
53. Søren Kierkegaard, *Enten-Eller, II* (3ª ediz.)
54. Friedrich Nietzsche, *La gaia scienza* (7ª ediz.)
55. Friedrich Nietzsche, *L'anticristo* (10ª ediz.)
56. James Hillman, *Saggio su Pan* (6ª ediz.)
57. Alfred Jarry, *Ubu* (4ª ediz.)
58. Hermann Hesse, *La cura* (12ª ediz.)
59. Jacques Derrida, *Il fattore della verità* (2ª ediz.)
60. Gerald Durrell, *Incontri con animali* (4ª ediz.)
61. Gershom Scholem, *Walter Benjamin e il suo angelo* (2ª ediz.)
62. Jonathan Swift, *Istruzioni alla servitù* (6ª ediz.)
63. Aleksandr Blok, *L'intelligencija e la rivoluzione*
64. Georg Büchner, *Teatro* (5ª ediz.)
65. Friedrich Nietzsche, *Aurora* (4ª ediz.)
66. Jaime de Angulo, *Indiani in tuta* (2ª ediz.)
67. Robert Walser, *I temi di Fritz Kocher* (2ª ediz.)
68. Søren Kierkegaard, *Enten-Eller, III*
69. Franz Kafka, *Il processo* (8ª ediz.)
70. August Strindberg, *Teatro naturalistico, I* (3ª ediz.)
71. Max Jacob-Claude Valence, *Specchio d'astrologia* (2ª ediz.)
72. Heinrich Heine, *Gli dèi in esilio*
73-74. Katherine Mansfield, *Tutti i racconti, I* (6ª ediz.)
75. Guido Ceronetti, *Il silenzio del corpo* (5ª ediz.)
76. Carlo Dossi, *Gocce d'inchiostro*
77. *I detti di Rābi'a*
78. Giacomo Casanova, *Il duello* (2ª ediz.)
79. Vasilij Rozanov, *L'Apocalisse del nostro tempo*
80. Friedrich Nietzsche, *Scritti su Wagner* (3ª ediz.)
81. Platone, *Simposio* (11ª ediz.)
82. Friedrich Nietzsche, *Umano, troppo umano, I* (3ª ediz.)
83. Karen Blixen, *Ehrengard* (10ª ediz.)
84. Alberto Savinio, *Vita di Enrico Ibsen*
85. Walter Benjamin, *Uomini tedeschi*
86. *Diotima e Hölderlin*
87. Mario Brelich, *Il navigatore del diluvio*

88. Leonora Carrington, *Giù in fondo* (2ª ediz.)
89. Emanuele Severino, *Legge e caso* (3ª ediz.)
90. Hermann Hesse, *Una biblioteca della letteratura universale* (7ª ediz.)
91-92-93. Katherine Mansfield, *Tutti i racconti, II* (4ª ediz.)
94. Giorgio Colli, *Scritti su Nietzsche* (3ª ediz.)
95. Salvatore Satta, *De profundis*
96. Walter Pater, *Ritratti immaginari*
97. René Guénon, *La Grande Triade* (4ª ediz.)
98. August Strindberg, *Teatro da camera* (2ª ediz.)
99. Gerald Durrel, *Luoghi sotto spirito* (3ª ediz.)
100. Gustave Flaubert, *Dizionario dei luoghi comuni* (6ª ediz.)
101. J. Rodolfo Wilcock, *Poesie*
102. Mumon, *La porta senza porta* (2ª ediz.)
103. Jean Rhys, *Il grande mare dei sargassi* (2ª ediz.)
104. Guido Morselli, *Incontro col comunista*
105. Sergio Quinzio, *Dalla gola del leone*
106. Karl Valentin, *Tingeltangel*
107. Jean-Jacques Langendorf, *Elogio funebre del generale August-Wilhelm von Lignitz*
108-109. O. Henry, *Memorie di un cane giallo*
110. Rainer Maria Rilke, *Lettere a un giovane poeta* (5ª ediz.)
111. Carl Seelig, *Passeggiate con Robert Walser* (2ª ediz.)
112. Charles Duff, *Manuale del boia* (2ª ediz.)
113-114. Franz Kafka, *Il messaggio dell'imperatore* (8ª ediz.)
115. Alberto Savinio, *La nostra anima* (3ª ediz.)
116. Jean Paul, *Giornale di bordo dell'aeronauta Giannozzo*
117. Fausto Melotti, *Linee*
118. Ibn 'Atā' Allāh, *Sentenze e Colloquio mistico* (2ª ediz.)
119. Carlo Emilio Gadda, *Le bizze del capitano in congedo* (3ª ediz.)
120. Søren Kierkegaard, *Enten-Eller, IV*
121. Friedrich Nietzsche, *Umano, troppo umano, II* (3ª ediz.)
122. Arthur Schnitzler, *Fuga nelle tenebre* (8ª ediz.)
123. Joseph Roth, *Viaggio in Russia* (5ª ediz.)
124. Misia Sert, *Misia* (2ª ediz.)
125. Anonimo romano, *Cronica* (2ª ediz.)
126. Emilio Cecchi, *I grandi romantici inglesi* (2 voll.)
127. Russell Hoban, *Il topo e suo figlio* (2ª ediz.)
128. J. Rodolfo Wilcock, *L'abominevole donna delle nevi*
129. Paul Scheerbart, *Architettura di vetro*
130. Giacomo Leopardi, *Pensieri* (4ª ediz.)
131. Carlo Michelstaedter, *La persuasione e la rettorica* (4ª ediz.)
132. Hugo von Hofmannsthal, *La mela d'oro e altri racconti* (2ª ediz.)
133. Plutarco, *Il demone di Socrate - I ritardi della punizione divina* (2ª ediz.)

134. Friedrich Nietzsche, *Ditirambi di Dioniso* e *Poesie postume* (2ª ediz.)
135. Alexander Lernet-Holenia, *Il barone Bagge* (4ª ediz.)
136. Carlo Emilio Gadda, *Il tempo e le opere*
137. Gerald Durrell, *Storie del mio zoo* (4ª ediz.)
138. Jayadeva, *Gītagovinda* (2ª ediz.)
139. August Strindberg, *Teatro naturalistico, II* (2ª ediz.)
140. Samuel Johnson, *Riflessioni sugli ultimi fatti relativi alle Isole Falkland (1771)*
141. E.M. Cioran, *Storia e utopia* (2ª ediz.)
142. Jean-Jacques Langendorf, *Una sfida nel Kurdistan*
143. Gilberto Forti, *Il piccolo almanacco di Radetzky*
144. Elvio Fachinelli, *Claustrofilia*
145. Giorgio Colli, *Per una enciclopedia di autori classici*
146. Thomas de Quincey, *Gli ultimi giorni di Immanuel Kant* (2ª ediz.)
147. Charles Baudelaire, *Il mio cuore messo a nudo* (3ª ediz.)
148. Plutarco, *Dialoghi delfici* (2ª ediz.)
149. Adalbert Stifter, *Abdia* (3ª ediz.)
150. Charles Alexander Eastman, *L'anima dell'indiano* (2ª ediz.)
151. György Lukács, *Diario (1910-1911)*
152. Arthur Schnitzler, *Gioco all'alba* (7ª ediz.)
153. Aleksandr Zinov'ev, *Appunti di un Guardiano Notturno*
154. Friedrich Nietzsche, *Crepuscolo degli idoli* (3ª ediz.)
155. Franziska zu Reventlow, *Il complesso del denaro*
156. Pier Candido Decembrio, *Vita di Filippo Maria Visconti*
157. Lope de Vega, *La Gattomachia* (2ª ediz.)
158. Simone Weil, *Riflessioni sulle cause della libertà e dell'oppressione sociale* (2ª ediz.)
159. Alexander Lernet-Holenia, *Il Signore di Parigi*
160. David Garnett, *Il ritorno del marinaio*
161. Alfred Jarry, *Gesta e opinioni del dottor Faustroll, patafisico*
162. Elio Aristide, *Discorsi sacri*
163. Maria Maddalena de' Pazzi, *Le parole dell'estasi*
164. Colette, *Chéri* (3ª ediz.)
165. Mario Bortolotto, *Introduzione al Lied romantico*
166. Adalbert Stifter, *Cristallo di rocca* (3ª ediz.)
167. Friedrich Nietzsche, *Genealogia della morale* (4ª ediz.)
168. Georges Dumézil, *Matrimoni indoeuropei*
169. *Lettere di Mademoiselle Aïsse a Madame C...*
170. Saul Israel, *La leggenda del figlio del Re Horkham*
171. Albert Caraco, *Post mortem*
172. Gilberto Forti, *A Sarajevo il 28 giugno*
173. Emilio Cecchi, *Messico*
174. Joseph Roth, *Ebrei erranti* (6ª ediz.)
175. Meister Eckhart, *Sermoni tedeschi* (2ª ediz.)

176. Elena Croce, *Due città*
177. Karen Blixen, *Ombre sull'erba* (5ª ediz.)
178. Georges Simenon, *Lettera a mia madre* (3ª ediz.)
179. Plutarco, *Iside e Osiride* (3ª ediz.)
180. Giorgio de Santillana, *Fato antico e Fato moderno* (2ª ediz.)
181. Colette, *La fine di Chéri*
182. Edme Boursault, *Lettere di Babet*
183. Henri Maspero, *Il Soffio Vivo*
184. Friedrich Nietzsche, *Schopenhauer come educatore*
185. Ernst Jünger, *Il problema di Aladino*
186. E.M. Cioran, *Il funesto demiurgo* (3ª ediz.)
187. Alberto Savinio, *La casa ispirata*
188. Plutarco, *Sull'amore* (3ª ediz.)
189. Arthur Schnitzler, *Beate e suo figlio* (6ª ediz.)
190. Gottfried Benn, *Cervelli*
191. Colette, *La nascita del giorno*
192. Karen Blixen, *Il matrimonio moderno* (3ª ediz.)
193. *Sir Gawain e il Cavaliere Verde* (4ª ediz.)
194. *L'epopea di Gilgameš* (4ª ediz.)
195. Louis Dumont, *La civiltà indiana e noi*
196. Joseph Roth, *Le città bianche* (4ª ediz.)
197. Giuseppe Rensi, *Lettere spirituali*
198. Fabrizio Dentice, *Egnocus e gli Efferati* (2ª ediz.)
199. John McPhee, *Il formidabile esercito svizzero* (2ª ediz.)
200. Simone Weil, *Venezia salva*
201. Elsa Morante, *Pro o contro la bomba atomica*
202. M. Granet - M. Mauss, *Il linguaggio dei sentimenti*
203. Guido Ceronetti, *Pensieri del Tè* (4ª ediz.)
204. Carlo Michelstaedter, *Poesie* (3ª ediz.)
205. Carl Schmitt, *Ex Captivitate Salus*
206. Celso, *Il discorso vero*
207. Thomas Bernhard, *L'imitatore di voci* (2ª ediz.)
208. Alberto Savinio, *Capri* (3ª ediz.)
209. Arthur Schnitzler, *La signorina Else* (4ª ediz.)
210. Milan Kundera, *L'arte del romanzo* (2ª ediz.)
211. Eugenio Montale, *Mottetti*
212. Iosif Brodskij, *Dall'esilio*
213. Gerald Durrell, *La terra che sussurra* (2ª ediz.)
214. Henry James, *L'altare dei morti* (2ª ediz.)
215. Osip Mandel'štam, *Viaggio in Armenia*
216. Friedrich Dürrenmatt, *La morte della Pizia* (4ª ediz.)
217. Guido Ceronetti, *L'occhiale malinconico*
218. Fernando Pessoa, *Lettere alla fidanzata*
219. Alexander Lernet-Holenia, *Il giovane Moncada* (2ª ediz.)
220. Giovanni Macchia, *I moralisti classici* (2ª ediz.)
221. Hippolyte Taine, *Étienne Mayran*
222. Carlo Michelstaedter, *Il dialogo della salute*
223. E.M. Cioran, *Esercizi di ammirazione*

224. Joseph Roth, *La ribellione* (2ª ediz.)
225. Benedetto Croce, *Contributo alla critica di me stesso* (2ª ediz.)
226. Giovanni Macchia, *Tra Don Giovanni e Don Rodrigo* (2ª ediz.)
227. Alberto Savinio, *Capitano Ulisse*
228. Vivant Denon, *Senza domani*
229. Rudolf Borchardt, *Città italiane*
230. Colette, *Sido*
231. Aldous Huxley, *L'arte di vedere* (2ª ediz.)
232. Søren Kierkegaard, *Enten-Eller, V*
233. Ernst Jünger - Martin Heidegger, *Oltre la linea* (2ª ediz.)
234. Christopher Marlowe, *Tamerlano il Grande*
235. Leonardo Sciascia, *Alfabeto pirandelliano* (3ª ediz.)
236. Georg Büchner, *Lenz*
237. *Vijñānabhairava, La conoscenza del Tremendo* (2ª ediz.)
238. Leonardo Sciascia, *Una storia semplice* (6ª ediz.)
239. Jean-Pierre de Caussade, *L'abbandono alla Provvidenza divina*
240. Joseph Roth, *Il peso falso* (2ª ediz.)
241. Manlio Sgalambro, *Anatol*
242. Simone Weil, *Sulla Germania totalitaria*
243. Benedetto Croce, *Breviario di estetica - Aesthetica in nuce*
244. Ivo Andrić, *I tempi di Anika*
245. C.S. Lewis, *Diario di un dolore* (3ª ediz.)
246. E.M. Cioran, *Lacrime e santi*
247. Vladimir Zazubrin, *La scheggia*
248. Ernst Jünger, *Trattato del Ribelle* (2ª ediz.)
249. Nina Berberova, *Il giunco mormorante* (4ª ediz.)
250. Leonardo Sciascia, *Occhio di capra*
251. Wolfgang Goethe, *Favola* (2ª ediz.)
252. Calderón de la Barca, *La vita è sogno*
253. Sergio Quinzio, *Radici ebraiche del moderno* (3ª ediz.)
254. Elena Croce, *Lo snobismo liberale*
255. Jeremy Bernstein, *Uomini e macchine intelligenti*
256. Alfred Jarry, *L'amore assoluto*
257. Giorgio Manganelli, *Lunario dell'orfano sannita*
258. Alberto Savinio, *Alcesti di Samuele e atti unici*
259. Iosif Brodskij, *Fondamenta degli Incurabili* (2ª ediz.)
260. Giuseppe Rensi, *La filosofia dell'assurdo*
261. James Hillman, *La vana fuga dagli Dei*
262. Fabrizio Dentice, *Messalina*
263. Frank Gonzalez-Crussi, *Note di un anatomopatologo*
264. Manlio Sgalambro, *Del pensare breve*
265. Jacques Derrida, *Sproni. Gli stili di Nietzsche*
266. Mario Soldati, *La confessione*
267. Giovanni Macchia, *Vita avventure e morte di Don Giovanni*

Stampato nel giugno 1991
dal Consorzio Artigiano « L.V.G. » - Azzate

Piccola Biblioteca Adelphi
Periodico mensile: N. 268/1991
Registr. Trib. di Milano N. 180 per l'anno 1973
Direttore responsabile: Roberto Calasso